로마인 이야기

로마인 이야기 (큰글씨책)

초판 1쇄 발행 2021년 1월 15일

편저자 찰스 스완
옮긴이 장지연
펴낸이 강수걸
편집장 권경옥
펴낸곳 산지니
등록 2005년 2월 7일 제 333-3370000251002005000001호
주소 부산광역시 해운대구 수영강변대로 140 BCC 613호
전화 051-504-7070 | 팩스 051-507-7543
홈페이지 www.sanzinibook.com
전자우편 sanzini@sanzinibook.com
블로그 sanzinibook.tistory.com

ISBN   978-89-6545-700-8 03890

* 책값은 뒤표지에 있습니다.
* 이 도서의 국립중앙도서관 출판예정도서목록(CIP)은 서지정보유통지원시스템
홈페이지(http://seoji.nl.go.kr)와 국가자료공동목록시스템(http://www.nl.go.kr/
kolisnet)에서 이용하실 수 있습니다.(CIP제어번호: CIP2020055295)

지중해 번역 시리즈 6

로마인 이야기

❧ 중세 유럽의 설교 예화집 ❧

찰스 스완 편저 | 장지연 역

TALES FROM THE
GESTA ROMANORUM

산지니

『로마인 이야기』(*Gesta Romanorum*)는 라틴어로 쓰인 중세 유럽의 대표적인 설교 예화집이다. 이 작품에 수록된 이야기들의 저자뿐만 아니라 발생 지역에 대해서도 정확하게 알려진 바가 없으며 현존하는 필사본에 근거하여 13세기 말 내지 14세기 초에 편집된 것으로 추정될 뿐이다. 『로마인 이야기』는 14~15세기에 필사된 약 140여 개의 필사본과 다량의 초기 인쇄본으로 전해져 내려온다. 그중 제일 오래된 것은 1342년에 필사된 것으로 현재 오스트리아의 인스부르크(Innsbruck) 대학 도서관에 소장되어 있다. 초기 인쇄본들은 대부분 15세기에 만들어진 것인데, 필사본 하나를 있는 그대로 다 인쇄하기보다는 여러 필사본들에 수록되어 있는 이야기들을 선별하여 인쇄한 것들이다. 헤르만 외스털라이(Hermann Oesterley)는 이 작품이 영국 전통, 유럽 대륙 전통, 초기 인쇄본 전통의 세 부류로 발전하였다고 주장하며 인스부르크 필사본을 비롯한 다수의 필사본들과 초기 인쇄본들에 기초하여 1872년에 283개의 이야기로 구성된 비평판본을 출간하였다. 최초의 필사본인 인스부르크 필사본의 비평판본은 이보다 늦은 1890년에 빌헬름 딕(Wilhelm Dick)에 의하여 출간되었다. 『로마인 이야기』의 인기는 15세기부터 꾸준히 생산된 영어, 독일어, 프랑스어 등 다양한 유럽어 번역서의 방대한 양에서도 드러난다. 최초의 영어 번역본은 1500년경에 만들어진 윈킨 드 워드(Wynkyn de Worde)의 것으로 추정되며 윈킨의 1577년 개정판은 상당한 인기를 누렸다. 찰스 스완(Charles Swan)은 1473년경에 인쇄된 라틴어 판본을 토대로 하여 1824년에 영어 편역본을 출간하였고 윈나드 후퍼(Wynnard Hooper)는 1877년에 스완 편역본을 개정 출간하였다. 본 역서는 라틴어 원문에 보다 충실한 스완의 편역서에 실린 180개의 이야기 중 40개를 선택하여 번역한 것이다.

사람들이 이해하기 쉬운 예를 들어 가르침을 전달하는 것은 동서양을 막론하고 고대부터 널리 사용된 방식이다. 이때에 사용되는 이야기들을 예화라고 하는데, 제일 보편적으로 사용되는 이야기는 동물을 주인공으로 하는 우화이다. 동물 우화 이외에도 신화, 전설, 요정 이야기, 민담, 성인 일화 등에 속하는 이야기들이 예화로 사용되곤 했는데, 예화가 전달하고자 하는 교훈은 시대적, 사회적, 문화적 맥락에 따라 삶의 지혜, 사회적 윤리, 종교적 가르침, 처세술 등 다양하게 나타난다. 기독교적 맥락에서 예화의 사용은 13세기 이후 급증하였다. 이는 기독교의 종교적, 도덕적 가치를 일반 신도들에게 보다 쉽게 전달하고자 한 성직자들의 노력의 일환으로 성경에 나오는 이야기나 순교자와 성인에 관련된 전설뿐만 아니라 비기독교적이고 통속적 이야기들도 기독교적인 해석이 가미되어 널리 사용되었다. 설교에서 예화를 사용하는 경우가 늘어남에 따라 중세 후기에는 설교용 예화 모음집이 편집되어 다량으로 유통되었다. 성직자들과 설교자들에게 설교용 참고도서와 같은 역할을 한 예화 모음집은 시간이 흐름에 따라 각 이야기의 끝에 기독교적 해석이 추가 서술되는 형식으로 자리 잡았다. 중세 후기뿐만 아니라 르네상스 시기에도 꾸준한 인기를 누린 작품으로 『로마인 이야기』 이외에도 자크 드 비트리(Jacque de

Vitry)의 예화 모음집들이 있다.

『로마인 이야기』의 이야기들 역시 대부분 직접적으로 기독교적 교훈을 담고 있거나 아니면 기독교적인 해석을 수반한다. 각 이야기들에 적용되는 교훈은 하느님의 섭리, 현세의 덧없는 삶과 죽음 후의 영생, 기독교인이 지켜야 할 기본 덕목, 진실한 믿음과 같은 기본적인 기독교 교리들이다. 그러나 개별 이야기들을 살펴보면 기독교인을 주인공으로 하여 직접적으로 기독교적인 내용을 담고 있는 경우보다는 사람들이 재밋거리로 주고받았을 이야기들이 더 많다. 이는 설교 예화가 일반 신도들을 대상으로 하고 있는 만큼 대중의 관심을 쉽게 끌 수 있거나 이미 잘 알려진 이야기들을 통해 종교적 교훈을 이끌어내는 것이 딱딱한 교리 교육보다 훨씬 더 효과적이었기 때문일 것이다. 또한 이야기 모음집이라는 특성상 작품 전체를 관통하는 일관된 주제에 얽매이지 않고 가지각색의 이야기들을 한 권으로 묶을 수 있었다. 많은 이야기들이, 제목 『로마인 이야기』가 시사하듯, '한때 로마의 ~황제 시절에'라는 문구로 시작하고 있기는 하지만 등

장인물이나 시대적 배경은 로마와 아무 상관이 없는 경우가 허다하다. 심지어는 시대적으로 동떨어진 인물들이 같이 등장하는 경우도 있다.

『로마인 이야기』에 실린 이야기들은 다양한 기원을 가지고 있는데 크게 동양 이야기 전통에 속하는 것과 서양 이야기 전통에 속하는 것으로 나누어진다. 동양으로부터 유입된 이야기들은 대부분이 인도에서 발생하여 아랍 지역을 거쳐 유럽으로 전파된 이야기들이다. 인도의 『판차탄트라』(Panchatantra)와 부처 설화, 아랍의 『칼릴라와 딤나』(Kalia wa Dimna) 등의 작품은 중세에 라틴어 번역본 『인생의 지침서』(Directorium Humanae Vitae), 『바를람과 요사팟』(Barlaam et Iosaphat) 등을 통하여 유럽에 알려지게 되었고 이 작품들에 나오는 이야기들은 개별적으로도 유통되었다. 서양 이야기 전통에 속하는 이야기들은 다시 그리스·로마 신화, 이솝 우화, 고대 로마 작가들의 작품, 민간 설화 등에서 나타나는 비기독교적 모티프들을 사용한 것과 기독교 성인 일화와 전설에서 유래한 것들로 나뉜다. 『로마인 이야기』가 사용한 기독교 이야기의 중요 출처로는 12세기 초에 만들어진 뻬드로 알폰소(Pedro Alfonso)의 교훈담집『수도사를 위한 지침서』(*Disciplina Clericalis*)와 13세기에 편찬된 성인전『황금 전설』(*Legenda Aurea*)이 있다. 이렇듯 다양한 출처의 이야기들을 설교 예화라는 틀 안에서 기독교적 색채를 입혀 재탄생시킨『로마인 이야기』는 중세 유럽 대중문화의 다층적 구조를 파악할 수 있는 지표를 제공한다. 동시에『로마인 이야기』는 동양과 서양의 이야기 전통의 융합, 대중적 이야기의 기독교화 확립, 그리고 중세 후기 로망스와 알레고리 문학의 발전에 기여했다는 점에서 유럽 문학사에서도 중요한 위치를 차지한다. 15세기 이후『로마인 이야기』에 나오는 모티프들이 포함된 대표적인 문학 작품으로는 보카치오(Boccaccio)의『데카메론』, 초서(Geoffrey Chaucer)의『켄터베리 이야기』, 셰익스피어의『베니스의 상인』등이 있다.

라틴어 원저명 *Gesta Romanorum*은 직역하면 '로마인들의 업적'이 되지만 역사적 사실이 아닌 허구의 이야기이며 개인의 업적을 다루는 이야기가 아니라는 점에서 '로마인 이야기'로 번역하였다. 찰스 스완이 그의 영역본에 붙인 부제 'Entertaining Moral Stories' 역시 이 작품에 실린 이야기들의 성격을 잘 드러낸다는 점에서 언급할 만하다. 비록 기독교적 교훈을 전달하려는 목적으로 사용된 예화들이기는 하지만 각 이야기의 끝에 있는 〈해설〉이 없으면 재미를 목적으로 하는 통속적인 이야기들이 적지 않기 때문이다. 그리고 기독교인이 아니더라도 마땅히 지녀야 할 윤리의식과 삶의 지혜 및 처세술에 대한 가르침 역시 때로는 즐겁고 때로는 긴장감 넘치는 에피소드에 녹아 있다. 아마도 시공을 초월한 『로마인 이야기』의 인기는 각 이야기들이 즐거움을 주면서도 동시에 이 세상에 살고 있는 누구에게나 적용될 수 있는 삶의 보편적 진리를 담고 있는 데서 기인한 것일지도 모른다. 이에 이 책에 실린 이야기들이 현대를 살고 있는 한국의 독자에게 지금 각자가 필요로 하는 교훈이나 즐거움을, 또는 교훈과 즐거움 둘 다를 드릴 수 있기를 감히 기대해본다.

|차례|

노파의 간계

✤

어떤 황제의 통치 시절에 아름답고 고귀하고 정숙한 아내를 둔 한 기사가 있었다. 어느 날 그는 오랫동안 집을 비워야 하는 일이 생겨 출발하기 전에 아내에게 말하였다. "나는 당신에게 당신의 분별력 말고는 어떤 보초도 세워두지 않겠소. 그것으로 충분하다고 믿소." 그리고 그는 시종들과 함께 길을 떠났다. 남편이 자신을 믿어준 것에 기뻐하며 기사의 아내는 집에서 매일매일 살림을 하며 지냈다. 그러던 어느 날 축제에 같이 가자는 이웃 사람의 간곡한 청에 이끌려 그녀는 집 밖으로 나서고 말았다. 축제를 하던 사람들 중에 한 청년이 있었는데, 그는 그녀의 우아하고 아름다운 자태에 마음이 끌렸다. 곧 그는 그녀를 몹시 사랑하게 되었고 그녀에게 자신의 사랑을 알리려고 사람을 보내는 등 갖은 방법을 다 썼다. 하지만 정숙한 아내는 그의 고백을 무시하고 그의 부정함을 심하게 나무랐다. 그녀가 자신의 사랑을 계속 거절하자 청년은 매우 상심하였고 그의 건강도 나날이 나빠져 갔다.

그러던 어느 날 청년은 낙심한 상태로 교회로 가던 중 길에서 어떤 노파를 만났다. 이 노파는 겉으로만 경건한 척하면서 그녀에게 전혀 어울리지 않는 존경을 받고 있던 사람이었다. 그녀는 청년에게 왜 그리 낙심하고 있는지를 물었고 그가 대답하기를 "당신이 알아도 소용없는 일이에요."라 했다. 그러자 노파가 "어쩌면 자네에게 득이 될 수도 있어. 상처가 뭔지를 알아내면 치료방법을 찾는 것이 불가능하지 않다네. 하느님의 뜻으로 쉽게 치료될 수도 있어. 나에게 자네의 상처를 보여주게."라고 대답했다. 노파의 설득에 넘어간 청년은 자신이 기사의 아내를 사랑하고 있노라 대답했다. 그러자 노파가 말했다. "그게 다야? 집에 돌아가 있게. 내가 자네 상처를 치유해 줄 약을 곧 찾아줄 테니." 노파의 말을 믿고 청년은 집으로 돌아갔고, 노파는 계략을 꾸미기 시작했다.

노파에게는 작은 개 한 마리가 있었는데, 그녀는 그 개에게 이틀 동안 먹을 것을 아무것도 주지 않고 굶겼다. 세 번째 날 그녀는 겨자가루로 빵을 만들어 굶주린 개 앞에다 놓았다. 개가 그 빵을 먹자마자 겨자의 쏘는 맛에 눈물이 핑 돌았고, 하루 종일 눈물을 흘렸다. 노파는 그 개를 데리고 청년이 사랑하는 부인의 집으로 갔다. 노파의 명성을 익히 들어 알고 있던 기사의 아내는 그녀를 친절히 맞았다. 둘이 앉아 얘기를 하고 있을 때, 아내는 개가 울고 있는 것을 보았고 그 이유를 궁금해했다. 그러자 노파는 그 이유가 너무 끔찍한 일이니 묻지도 말라고 잘라 말했다. 노파의 이 말은 당연히 아내의 호기심을 더 자극했고 그녀는 노파에게 더 간절히 이야기를 해달라고 부탁했다. 이게 바로 노파가 노렸던 것이었다. 그리하여 노파는 우는 흉내를 내면서 말하기 시작했다. "이 개는 내 딸이었다우. 내 딸은 이 세상에서 살기에는 너무나도 착하고 훌륭한 아이였지. 어떤 젊은이가 내 딸을 사랑했었는데, 내 딸이 너무나 잔인하게 거부한 바람에 죽고 말았어. 내 딸은, 그렇게 모질게 행동한 벌을 받아서 지금 당신이 보고 있는 개로 변해버렸다우." 이 말을 하며 노파는 거짓으로 흐느꼈다. 그리고 계속하기를, "오, 이 말 못하는 동물이 내 딸을, 한때는 그토록 예쁘고 고귀했던 내 딸을 어찌나 생각나게 하는지… 지금은 이게 뭐람. 사람에서 동물로 변해서 내 딸은 비참하게 야위어만 가고 눈물로 하루하루를 보내고 있다우. 그녀에게는 아무것도 위안이 되지 않아. 그녀에게 위로를 해주려는 사람들도 아무 방도 없이 그저 같이 눈물을 흘릴 수밖에…."

이 이야기에 놀라고 두려워진 아내는 속으로 외쳤다. "어쩌면 좋아, 나도 한 청년의 사랑을 받고 있는데, 그도 지금 거의 죽을 지경이잖아." 그리고 겁에 질린 나머지 그녀는 노파에게 그 사실을 다 말했다. 노파가 즉시 대답했다. "아름다운 부인이여, 그 청년의 고통을 무시하지 마시게. 비참한 상태가 된 내 딸을 보고 큰일이 일어나기 전에 손을 쓰시게. 당신도 내 딸처럼 될 수 있다우." 남의 말을 잘 믿는 선량한 아내가 말했다. "부인, 가르쳐주세요. 제가 어떻게 하면 되나요? 저는 당신의 딸처럼 되고 싶지 않아요." 간교한 노파가 말했다. "그 청년에게 전갈을 보내 그의 사랑을 받아주시게. 그러면 당신은 그가 죽는 것을 막을 수 있고 당신에게 일어날, 돌이킬 수 없는 재앙도 막을 수 있게 될 테니." 기사의 아내는 얼굴을 붉히며 말했다. "제가 부인께 그를 이리 데려다 달라고 부탁해도 될까요? 제가 직접 가면 안 좋은 소문이 돌 수도 있어요." 노파가 말했다. "부인, 내 기꺼이 그렇게 하리다. 내 즉시 그를 불러오리다." 그리고 노파는 그렇게 하였다. 하지만 바로 그날 밤 기사가 돌아와서 그 세 사람 모두를 죽여버렸다. 이리하여 노파의 사악한 간계에 많은 사람이 목숨을 잃게 되었다.

❦ ────────────────

친애하는 이여, 기사는 예수님을 상징하고 그의 아내는 하느님이 자유 의지를 부여하신 영혼을 의미한다. 영혼은 육체적 쾌락의 잔치에 초대받는데, 그 잔치에 있는 청년, 즉 이 세상의 허영은 육체적 쾌락을 사랑하게 된다. 노파는 악마이고, 개는 장수에 대한 희망이며 하느님의 자비에 대한 뻔뻔한 믿음이다. 이 잘못된 희망과 믿음은 영혼을 기만하고 달랜다. 하지만 예수님은 밤에 오셔서 죄인들을 죽음에 처하실 것이다.

죽음의 힘

⚜

전설에 따르자면 알렉산더 대왕이 죽자 사람들이 그의 묘를 황금으로 치장했다고 한다. 그곳에 철학자들이 모여 이야기를 나누었는데, 한 철학자가 말하기를, "예전에 알렉산더 대왕은 황금을 매우 소중히 여겼었는데, 이제 황금이 그를 매우 소중한 존재로 만들었소." 다른 철학자가 말하기를, "예전에는 이 세상 전부도 그의 야망을 충족시키기에는 너무 좁았었는데, 이제는 사람들이 그를 지배하고 있소." 또 다른 철학자가 말하였다. "예전에 알렉산더 대왕은 수천 명을 해방시킬 수 있었는데, 이제 그는 자신을 죽음으로부터 해방시키지 못한다오." 다른 철학자가 말하였다. "예전에 그는 땅을 짓밟았었는데 이제는 땅이 그를 내리누르고 있소." 다른 철학자가 말했다. "예전에는 모든 이들이 알렉산더 대왕을 두려워했는데, 이제는 아무도 그를 높이 평가하지 않는다오." 다른 이가 말하였다. "예전에는 알렉산더에게 친구가 수도 없이 많았는데, 이제는 아무도 없다오." 다른 이가 말하였다. "예전에 알렉산더 대왕은 군대를 이끌었었는데, 이제는 군대가 그를 무덤으로 이끌었다오."

✤ ——————————

친애하는 이여, 부유하고 세속적인 마음을 가진 자는 누구나 알렉산더라 불릴 수 있으며 철학자들의 말은 그들 모두에게 다 적용된다.

이야기 3

목매달기

❧

발레리우스(Valerius)가 전하는 바에 따르면 팔레티누스
(Paletinus)라는 이름의 남자가 어느 날 울음을 터뜨리며
아들과 이웃들을 불러 모으고 이와 같이 말했다. "아, 아!
나는 내 정원에 죽음의 나무를 키우고 있어. 그 나무에
내 첫 번째 아내가 목매달았고, 그 다음에는 내 두 번째
아내가, 그 다음에는 세 번째 아내가 목매달았어. 내가
이 모든 비극의 원인이겠지?" 그러자 아리우스(Arrius)라
는 이름의 사람이 말했다. "정말이지, 나는 당신이 그렇
게 흔치 않은 행운에 울고 있다는 것이 이해되지 않습니
다. 제발 저에게 그 고마운 나무의 가지를 두세 개만 주
세요. 나는 그것을 이웃들에게 나누어주어서 모든 남자
가 여러 아내를 마음껏 즐기도록 하겠어요." 팔레티누스
는 그의 청을 들어주었고, 그 이후 이 나무는 그 지역에

서 제일 많이 자라는 나무가 되었다.

친애하는 이여, 나무는 예수님의 십자가를 상징한다. 팔레티누
스의 세 명의 부인은 각각 오만, 욕심, 사치를 의미하며 따라서
이 세 가지는 사라져야 하는 것이다. 이 나무의 가지를 가지고
자 한 이는 선한 기독교인을 상징한다.

착취

❧

요세푸스(Josephus)가 전하는 바에 따르면 티베리우스 (Tiberius) 황제가 속주의 총독들이 왜 그렇게 오랫동안 총 독직을 계속하는지를 묻자 어떤 이가 예를 들어 이렇게 대답했다고 한다. "저는 종양으로 온몸이 뒤덮인 어떤 아 픈 사람이 파리 떼 때문에 엄청난 고통을 받고 있는 것 을 보았습니다. 제가 그 사람에게 왜 파리채를 써서 파리 들을 쫓아버리지 않느냐고 묻자 그가 대답하기를, '당신 이 생각하기에 내 고통을 덜어줄 것 같은 그 상황이 사 실은 내 고통을 열 배나 더 증가시킵니다. 왜냐하면 내 피를 빨아먹고 배가 부른 파리들을 쫓아버림으로써 배 고픈 파리들에게 그 자리를 내어주게 되는 것이기 때문 입니다. 파리의 공격을 받는 사람이 육신을 가지지 않는 돌이 아니고서야 이미 배부른 파리에게 공격당하는 것보다 배고픈 파리에게 공격당하는 것이 훨씬 더 고통스럽다는 것을 누가 모르겠습니까?'"

�֍ ————————

친애하는 이여, 약탈질을 해서 이미 부자가 된 총독들은 가난하고 궁핍한 총독들보다 사람들을 괴롭힐 가능성이 적다.

죄인을 용서하기

어떤 위대한 왕에게 잘생긴 아들이 있었는데, 이 아들은 매사에 현명하고 대담하며 예의바르게 행동했다. 왕에게는 또 네 명의 딸이 있었는데, 그들의 이름은 정의, 진실, 자비, 평화였다. 아들을 결혼시키기를 원했던 왕은 그에게 알맞은 아름다운 아내감을 찾기 위하여 온 세상에 전령을 보냈다. 그리고 마침내 예루살렘 왕의 딸이 간택되었고 왕자와 결혼했는데, 왕자는 그녀의 빼어난 미모에 몹시 경이로워했다. 한편 궁정에 왕이 제일 신임하며 모든 국사를 논의하는 한 신하가 있었다. 이 신하는 왕이 자신에게 베푼 은혜에도 불구하고 왕자의 아내를 유혹하였고 자신에게 통치하도록 맡겨진 나라를 완전히 망하게 하여버렸다. 아내의 부정을 알게 된 왕자는 극심한 슬픔에 빠졌고, 곧 그녀와 이혼하고 그녀에게 있던 모든 영예를 빼앗아버렸다. 그리하여 왕자의 아내는 가진 것 하나 없이 비참한 상태로 절망에 빠져 여기저기 먹을 것을 구걸하며 다녔다. 오직 죽기만을 바라면서. 하지만 마침내 왕자는 그녀의 고통을 불쌍히 여겨 그녀를 다시 궁전으로 데려오라고 전령들을 보냈다.

전령들이 왕자의 아내에게 말하였다. "두려워하지 말고 궁전으로 돌아오십시오. 왕자님께서 그렇게 하시길 원하십니다. 신변의 위협을 걱정하지 않으셔도 됩니다." 하지만 그녀는 거절하며 말했다. "왕자님께 말하세요. 저는 기꺼이 돌아가고 싶지만 그렇게 할 수가 없습니다. 왜냐고 물으시면, 나라의 법이 중하기 때문이라고 말해주세요. 만약 결혼한 여자가 부정한 짓을 하면 남편은 그녀에게 이혼 증서를 주고, 그 시각부터 아내는 남편에게 돌아갈 수 없다는 법이요. 저는 그러한 이혼 증서를 받았습니다. 왜냐하면, 부정한 짓을 했기 때문이지요. 그래서 저는 왕자님께 돌아갈 수 없습니다." 전령들이 대답했다. "하지만 왕자님은 왕자님께서 만든 법보다 위대하십니다. 왕자님께서 자비를 베풀고자 하시니 즉시 왕자님의 뜻에 따라 더한 벌이나 비난을 받지 않도록 하십시오."
그녀가 말했다. "왕자님의 뜻이 무엇인지 제가 어떻게 알
겠어요? 만약 왕자님이 직접 오셔서 내게 키스해주신다
면 나는 왕자님이 나를 용서해주신 것이라 믿을 수 있겠
어요."

전령들이 왕자에게 그녀가 한 말을 전하자 왕자는 나라
의 귀족들을 불러 모아 그가 어떻게 해야 할지를 의논했
다. 한참 동안 논의를 한 끝에 그들은 경험이 많고 분별
력이 있는 사람들을 그녀에게 보내 설득하도록 하는 것
이 좋겠다고 결론을 내렸다. 그러나 그 일을 부탁받은
사람들은 모두 그렇게 하기를 거절했다. 왕자는 다른 도
리가 없어서 다시 전령들을 아내에게 보내어 이렇게 말
하도록 시켰다. "내가 당신을 위하여 무엇을 할 수 있단
말인가? 내 나라에는 나의 뜻을 따를 사람이 한 명도 없
도다!" 이 말은 불행한 부인의 고통을 더 증가시켰고 그
녀는 서럽게 울었다. 이 이야기를 들은 왕자는 아버지에
게 가서 자신이 직접 그녀의 고통을 달래주고 그녀를 데
리고 오도록 허락해달라고 간청했다. 왕이 말했다. "가

28

거라, 가서 네 능력이 닿는 대로 노력하여 그녀를 원래의 자리로 복귀시키도록 하여라." 그리고 전령들을 다시 보내어 그녀에게 왕자가 그녀를 방문할 것임을 미리 알리도록 하였다.

하지만 왕자의 첫 번째 누나인 정의가 무슨 일이 일어나고 있는지를 알아채고 서둘러 왕에게로 가서 말했다. "아버님, 아버님은 공정하시고 정의로우신가요? 그 창녀가 다시 돌아와 내 동생의 부인이 된다는 게 과연 옳은가요? 아버님은 이혼 증서를 합당히 인가하셨습니다. 그러니 그녀가 법에 호소하도록 하세요. 만약 아버님께서 정의에 반하여 이렇게 행하신다면 저는 더 이상 아버님의 딸로 남지 않겠습니다." 이름이 진실인 두 번째 딸이 말하였다. "아버님, 언니 말이 맞아요. 아버님께서는 그 여자를 부정한 여자로 판결하셨어요. 만약 아버님께서 그녀가 돌아오도록 내버려두신다면, 아버님께서 진실 자체를 부정하시게 되는 것이므로 저도 더 이상 아버님의 딸이 되지 않겠어요." 그러자 자비라 불리는 세 번째 딸이 언니들이 하는 말을 듣고 외쳤다. "오 아버님, 저 역시 아

버님의 딸입니다. 제발 참회하는 그 여자의 죄를 용서해
주세요. 만약 그렇게 하지 않으시면 아버님은 저 자비를
버리시는 것이니, 저는 아버님을 아버님으로 인정하지
않겠어요." 평화가 이름인 네 번째 딸이 아버지와 언니
들이 서로 다투는 것을 보고 두려움에 떨며 멀리 달아나
세상의 한구석에 숨어버렸다.

하지만 정의와 진실은 그들의 뜻을 굽히지 않고 아버지
의 손에 칼집에서 뺀 칼을 쥐어주며 말했다. "아버님, 저
희는 정의의 칼을 아버님께 드립니다. 그것을 가지고
가서 저희 동생을 모욕한 그 창녀를 내리치세요." 하지
만 자비가 앞으로 나서며 칼을 빼앗았다. "이미 충분하
고 충분해. 언니들은 이미 충분히 오랫동안 권력을 행사
해왔고 언니들의 생각에만 따라서 행동했어. 이제 참아.
내가 원하는 것도 때로는 들어줘야 하지 않아? 나도 아
버지의 딸이라는 것을 잊지 마." 그러자 정의가 대답했
다. "너 말 참 잘했다. 우리는 오랫동안 권력을 가지고 있
었고 앞으로도 계속 오랫동안 우리의 권위를 지킬 것이
야. 하지만 왜 우리가 이렇게 싸워야 하지? 우리 누구보

다 더 현명한 동생, 왕자를 불러서 우리 중 누구의 말이 옳은지를 판단하게 하자." 이 제의에 그들 모두 동의했다. 그들은 왕자에게 정의와 진실이 얼마나 완고하게 법의 준수를 주장하였으며 자비와 평화가 얼마나 간곡히 용서를 주장하였는지를 이야기했다. 왕자가 말했다. "사랑하는 누나들, 나는 누나들이 이렇게 마구 싸워대는 바람에 평화 누나가 멀리 도망간 게 정말 맘에 안 들어. 그래서는 안 되고 그렇게 되지도 않을 것이야. 부정을 저지른 내 아내에 대해서는 내가 직접 벌을 내리려고 준비하고 있어." 정의가 대답했다. "네 뜻이 정 그렇다면 우리가 널 막을 생각은 없어." 왕자는 자비에게 몸을 돌려 물었다. "누나, 내 아내를 복위시킬 수 있도록 노력해줘. 그런데 내가 그녀를 다시 받아들이고 나서 그녀가 다시 부정을 저지르면 누나는 그때도 그녀를 구하려고 할 거야?" 자비가 대답했다. "아니, 그녀가 진실되게 참회하지 않는 한 그렇게 하지는 않을 거야."

왕자는 평화를 다시 데려와 다른 세 누나들에게 한 명씩 포옹을 하도록 시켰다. 이리하여 자매간의 화합이 이루어졌고, 왕자는 실수를 범한 아내를 데리고 왔다. 그녀는 다시 영예로운 대접을 받았으며 평화롭게 살다가 죽었다.

✤ ——————

친애하는 이여, 왕은 하느님이고 왕자는 예수님이다. 왕자의 아내는 악마의 유혹에 넘어가 순수함을 잃어버린 영혼을 상징한다.

죽음을 항상 기억하기

✤

옛날에 어떤 왕자가 있었는데, 그는 사냥을 매우 좋아하였다. 어느 날 한 상인이 왕자와 같은 길을 가게 되었는데, 왕자의 수려한 용모와 상냥한 태도와 화려한 모습을 보면서 속으로 말하였다. "오, 이럴 수가! 저 사람은 아주 많은 은총을 입었어. 잘생기고 매너가 좋고 우아하기까지! 그의 수행원들조차 멋지고 행복해 보이지 않는가!" 이런 생각을 하며 그는 왕자의 시종 중 한 명에게 다가가 물었다. "여보시오, 당신의 주인은 권력이 아주 센가 보오?" 시종이 대답했다. "그렇다오. 나의 주인님은 아주 광활한 영토를 다스리시며 창고는 금은보배로 가득 차 있소. 그리고 시종은 셀 수도 없이 많다오." 상인이 말했다. "하느님이 그에게 아주 관대하시구려. 나는 그보다 더 잘생긴 사람을 본 적이 없고, 그가 가진 권력은 그의

33

현명함을 드러내는 것이니 말이오." 상인과 대화를 나눈 시종은 그들의 대화를 왕자에게 가서 다 말하였다. 저녁 기도 시간 즈음에 집으로 돌아가게 된 왕자는 그 상인에게 자신의 집에 가서 하룻밤 묵지 않겠느냐고 청했다. 권력 있는 자의 청은 곧 명령이었다. 그리하여 상인은 그다지 내키지는 않았지만 왕자의 궁전으로 들어섰다. 궁전은 으리으리했고 온 벽이 금으로 치장된 아름다운 방이 엄청나게 많은 것을 보고 상인의 입이 쩍 벌어졌다. 곧 저녁시간이 되었고 상인은 왕자의 명령으로 그와 같은 식탁에 앉게 되었다. 이 영광에 너무 기쁜 나머지 가난한 상인은 속으로 생각했다. "오, 맙소사! 왕자는 그가 원하는 것은 무엇이든지 다 가지고 있어. 그에게는 아름다운 아내와 예쁜 딸들과 용감한 아들들이 있고, 하인들의 수도 어마어마해." 그가 이렇게 생각하고 있을 때 그의 앞에 고기 요리가 놓였다. 하지만 놀랍게도 고기 요리는 사람의 해골에 담겨 있었고 그 해골에서 왕자와 그의 손님들의 은접시로 옮겨졌다. 이 광경을 본 상인은 완전히 겁에 질려 마치 그 해골이 자신의 머리인 것처럼 느꼈고 이에 계속 속으로 외쳤다. "내가 죽었어! 내가 죽은 거야!"

밤이 깊어지자 상인은 침실로 안내되었다. 침실 한구석에는 초가 여러 개 타고 있었고 그가 방 안으로 들어서자마자 문이 밖에서 잠겼다. 혼자 남게 된 불쌍한 상인은 점점 더 큰 공포에 사로잡혀갔다. 절망스럽게 눈을 돌려 방을 살펴보던 상인은 천정에 두 남자의 시신이 매달려 있는 것을 보았다. 이 끔찍한 광경에 상인의 이마에 식은땀이 줄줄 흘러내렸고 그는 도무지 편하게 쉴 수가 없었다. 다음 날 아침 그는 더 불안해진 상태로 눈을 떴다. "아, 이제 분명히 그들은 나를 죽여서 저 살해된 시체들 옆에 매달 거야. 아아, 이제 어떻게 하지?" 왕자는 잠에서 깨자 상인을 그에게로 데려오라고 시켰고 이와 같이 물었다. "친구여, 내 집에 있는 것 중에서 어떤 것이 제일 그대 마음에 드는지?" 상인이 대답했다. "왕자님, 저는 다 마음에 듭니다. 단지, 음식이 해골에 담겨져 나오는 것은 빼구요. 너무 구역질이 나서 음식을 도무지 먹을 수가 없었습니다. 그리고 잠자리에 들려 할 때 눈에 보이는 광경이 너무 끔찍해서 제대로 쉴 수가 없었습니다. 그러니 제발 떠나도록 허락해주십시오."

왕자가 대답했다. "친구여, 음식이 담겨서 나온 해골은, 내 아내의, 내 아름답지만 사악한 아내의 바로 맞은편에 놓인 그 해골은 어떤 공작의 머리이다. 그의 머리가 왜 거기에 있었는지 이유를 가르쳐주겠다. 그가 내 침실을 더럽혔기 때문에 나는 마땅히 그를 죽였다. 그러고도 제어할 수 없는 복수심에 불타 나는 그의 머리를 잘라냈다. 내 아내에게 그녀가 저지른 수치스러운 행동을 상기시키려고 나는 그 해골을 그녀 앞에 놓도록 시킨다. 나는 그녀의 참회와 나의 벌이 그녀의 죄를 없앨 수 있기를 바랄 뿐이다. 내 가족의 불행은 여기에서 끝나지 않았다. 내가 죽인 공작의 아들이 내 친족 두 명을 살해했고, 나는 그들의 시신을 네가 어제 잔 방에 걸어놓았다. 매일 나는 시간에 맞춰 그 방에 가서 그들의 시체를 보고 그들의 죽음에 복수할 것을 결심한다. 그리고 내 아내의 부정한 짓과 내 친족이 끔찍하게 살해된 것을 생각하면, 나는 이 세상에는 더 이상 나에게 아무 기쁨도 남아 있지 않다고 느낀다. 이제 가거라. 그리고 내가 너에게 알려주고자 한 교훈을 잊어버리지 말라. 겉모습은 단지 허상일 뿐이다. 인간의 삶은, 제일 화려한 조건에서도, 아주 역겨운 죽음의 상징들로 가득 차 있다." 상인은 떠나도 좋다는 왕자의 허락을 받고 길을 떠났고 그 일이 있기 전보다 더 행복한 마음으로 생업으로 돌아갔다.

✤ —————————————

친애하는 이여, 왕자는 선한 기독교인을 상징하며 그의 아내는 죄를 짓는 영혼을 상징한다. 죄 지은 영혼은 벌을 받으면서 자신의 죄를 상기하고 잘못된 것을 고친다. 공작은 악마이다. 그의 머리를 잘라낸 것은 우리의 악덕을 잘라낸 것을 의미한다. 살해당한 두 명의 왕자의 친족은 각각 하느님에 대한 사랑과 이웃에 대한 사랑으로, 이 두 종류의 사랑은 우리의 첫 번째 부모가 소멸시킨 것이다. 상인은 선한 성직자 또는 고해신부로, 이들에게는 항상 진실이 밝혀져야 한다.

완벽한 삶

❧

티투스(Titus)가 로마의 황제였을 때, 그는 그의 장자의 생일이 성일(聖日)이며 그 성일을 어떠한 방식으로든 노동을 하여 어기는 자는 사형에 처할 것이라는 칙령을 내렸다. 그리고 나서 그는 베르길리우스(Vergilius)를 불러서 이와 같이 말했다. "친애하는 이여, 나는 법을 하나 만들었소. 나는 당신이 이 법을 어긴 자를 우리에게 알려줄 수 있는 예술품을 만들어줄 것을 요청하는 바이오." 이에 베르길리우스는 신비한 동상을 하나 만들어서 그것을 도시 중심부에 놓도록 했다. 신비로운 능력을 부여받은 동상은 법을 어긴 행동은 무엇이건 간에 황제에게 고하였고, 이 동상의 고발로 인하여 수도 없이 많은 사람들이 사형에 처해졌다.

이때 포쿠스(Focus)라는 이름의 목수가 한 명 있었는데, 그는 매일매일 그가 맡은 일을 성실히 해나갔다. 하루는 그가 잠자리에 누워 그 동상의 고발과 그것 때문에 죽음을 맞이한 수없이 많은 사람들을 생각하게 되었다. 아침에 그는 옷을 입고 동상에게로 가서 이와 같이 말했다. "오 동상이여, 동상이여! 네가 제공하는 정보 때문에 우리의 많은 시민들이 잡혀가서 죽임을 당한다. 신께 맹세컨대, 네가 만일 나를 고발한다면 나는 너의 머리를 부숴 버릴 것이다." 그는 이렇게 말하고 집으로 돌아갔다.

날이 밝자 황제는, 항상 그래왔듯이 여러 신하들을 보내서 그 동상에게 그의 칙령이 엄격히 지켜졌는지를 물었다. 그들이 동상에게 가서 황제의 뜻을 전하자, 동상이 외치기를 "친구들이여, 올려다보라. 내 이마에 뭐라고 적혀 있는가?"라고 하였다. 신하들은 올려다보았고 다음과 같은 세 문장이 적혀 있는 것을 보았다: "시대는 변했다. 사람들이 사악해진다. 진실을 말하는 자는 머리가 부서진다." 동상이 말하기를, "가라, 가서 너희의 왕에게 너희가 보고 읽은 것을 말해라."라고 하였다. 신하들은 왕에게 가서 이 일을 상세히 보고하였다. 이에 황제는 호위병들에게 무장을 하고 동상이 세워진 곳으로 가라고 명하였다. 그는 또한 명령하기를 만약에 어떤 자라도 동상을 해하려 했다고 여겨진다면 그 자를 묶어서 그에게 데려오라고 하였다. 군인들은 동상에게 다가가서 "황제께서 너에게 너를 협박한 나쁜 놈의 이름을 대라고 명하셨다."라고 했다. 이에 동상은 "그는 목수 포쿠스이다. 그는 매일 법을 어기고, 더구나 나에게 만약 내가 그의 이름을 대면 나의 머리를 부숴버리겠다고 협박했다."라고 말했다.

포쿠스는 즉시 체포되었고 왕의 앞으로 끌려갔다. 황제가 그에게 말했다. "이게 도대체 무슨 일이냐? 너는 왜 나의 법을 어겼느냐?" 그러자 포쿠스가 대답했다. "황제이시여, 저는 그 법을 지킬 수가 없습니다. 왜냐하면 저는 매일 8페니를 벌어야만 하는데, 일을 쉬면 8페니를 벌 수가 없기 때문입니다." 황제가 물었다. "왜 8페니를 벌어야 하느냐?" 목수가 대답했다. "저는 일 년 내내 매일매일 제가 젊었을 때 빌린 2페니를 갚고, 2페니는 빌려주고, 2페니는 잃어버리고, 2페니는 제가 써야 하기 때문입니다."“무슨 이유로 너는 그렇게 하느냐?”라고 황제가 물었다. 이에 목수가 대답했다. “황제이시여, 제 말씀을 들어보십시오. 저는 매일 아버지에게 2페니를 갚아야만 합니다. 왜냐하면 제가 어렸을 때 저의 아버지가 매일 같은 양의 돈을 저 때문에 쓰셨기 때문입니다. 이제 저의 아버지는 가난하여 제가 도와드려야 하므로 저는 제가 전에 빌렸던 것을 갚습니다. 다른 2페니는 지금 공부를 하고 있는 제 아들에게 빌려줍니다. 만약 제가 가난해진다면 제 아들이 제가 빌려준 돈을, 마치 제가 그의 할아버지에게 돌려주었듯이, 갚을 것입니다. 또 저는 매일 2페니를 제 아내에게 줌으로써 잃어버립니다. 왜냐하면 제 아내는 제 말을 듣지 않고 제멋대로 하며 기분에 휩쓸리기 때문입니다. 이에 저는 아내에게 주는 것은 무엇이든 잃어버린 것으로 생각합니다. 마지막으로 저는 다른 2페니를 제가 먹고 마시는 것에 씁니다. 저는 매일 8페니보다 더 적게 쓸 수도 없고, 또한 쉬지 않고 일하지 않으면 8페니를 벌 수도 없습니다. 이제 진실을 아셨으므로 제발 공평하고 진실되게 판결을 내려주십시오.”황제가 말하였다. “목수여, 너는 대답을 참으로 잘하였다. 가거라. 가서 열심히 일하거라."

이 일이 있은 후 얼마 되지 않아 티투스 황제는 죽었고, 목수는 그의 뛰어난 지혜 덕분에 온 국민의 만장일치로 그의 후계자가 되었다. 그는 그가 현명하게 살았듯이 나라를 현명하게 통치하였다. 그가 죽었을 때, 머리에 8페니가 그려진 그의 초상화는 역대 황제들의 초상화 사이에 놓였다.

�֍ ───────────────

친애하는 이여, 황제는 일요일을 안식일로 정하신 하느님을 상징한다. 베르길리우스는 인간의 덕과 악을 가르치는 설교자를 임명하는 성령을 상징한다. 포쿠스는 근면히 일하며 해야 할 일을 성실히 행하는 선한 기독교인을 의미한다.

이야기 8

고백

❦

아스모데우스(Asmodeus)라는 이름의 왕이 칙령을 내리기를, 판사 앞에 잡혀온 죄인은 누구든지 예외 없이 세 가지의 진실을 밝혀야 하고 그렇게 하지 못한다면 사형에 처해질 것이라고 하였다. 그러나 만약 그가 세 가지의 진실을 밝힌다면 그의 목숨과 재산은 안전하게 지켜질 것이라고 했다.

그런데 어떤 군인이 법을 어기고 도망치게 되었다. 군인은 숲에 숨어서 만나는 사람은 모두 약탈하고 죽이는 극악무도한 죄를 범했다. 그 지역의 판관이 군인 출몰 지역을 파악하고는, 숲을 포위하고 군인을 체포하라고 명령하여 법정에 세웠다. 판관이 말하기를, "너는 법을 알고 있을 것이다." 군인이 대답하였다. "물론 나는 알고 있다.

만약 내가 세 가지의 진실을 말한다면 나는 자유의 몸으로 풀려날 것이다. 그러나 만약 내가 그렇게 하지 못한다면, 나는 죽게 될 것이다." 판관이 대답했다. "그렇다. 법이 내리는 자비를 이용하든지, 아니면 지체 없이 벌을 받아라." 그러자 군인은 조금도 굴하지 않고 "다들 정숙하도록 해주시오."라고 말했다.

사람들이 모두 조용해지자, 군인이 말했다. "첫 번째 진실은 이것이오. 나는 당신들 모두에게 감히 말하건대 젊었을 때부터 나쁜 사람이었소." 그러자 판관이 구경꾼들에게 "그가 진실을 말하고 있는 것인가?"라고 물었다. 그들이 "만약 그렇지 않았으면 그는 이런 상황에 놓이지 않았을 것입니다."라고 대답했다. 그러자 판관이 말했다. "그러면 계속해보아라. 두 번째 진실은 무엇이냐?" 군인이 "나는 지금 내가 처해 있는 위험한 상황이 싫소."라고 답했다. 판관이 "확실히, 우리는 네 말을 믿는다. 그러면 이제 세 번째 진실을 말해라. 그러면 너는 살게 될 것이다."라고 말했다. 그러자 군인이 대답하기를 "만약 내가 이 말도 안 되는 자리에서 벗어난다면, 나는 결코 내가 원해서 이 자리에 다시 돌아오지는 않을 것이오."라고 했다. 판관이 말하기를, "아멘. 너의 재치가 너의 생명을 구했다. 가거라." 이렇게 하여 군인은 목숨을 지켰다.

❧ ——————————

친애하는 이여, 황제는 예수님을, 군인은 죄인을, 판관은 현명한 고해신부를 상징한다. 만약 죄인이 악마조차도 반대할 수 없는 방식으로 사실을 고백한다면 그는 구원받을 것이다. 다른 말로 하자면, 만약 그가 진실로 고백하고 참회한다면, 그는 구원받을 것이다.

지나친 오만

❦

요비니아누스(Jovinianus)가 황제였을 때 그는 엄청난 권력을 가지고 있었는데, 밤에 침대에 누워 자신의 권력이 어마어마하다고 생각했을 때 매우 기뻤다. 그는 불경스럽게 생각했다. "나 말고 이 세상에 신이 있을 것인가?" 이런 생각을 하면서 그는 잠에 들었다. 다음 날 아침 그는 그의 군대를 시찰하고 나서 말하였다. "친구들이여, 아침 식사 후에 우리는 사냥을 나갈 것이다." 사냥 준비가 다 되자 그는 거대한 무리의 수행원을 이끌고 출발했다. 사냥 도중에 황제는 심장에 극심한 고통을 느꼈는데, 찬물로 목욕을 해야 살 수 있을 것이라고 생각하게 되었다. 그는 초조하게 주변을 둘러보았고 그리 멀지 않은 곳에서 물을 발견하였다. 그는 수행원들에게, "내가 저기 있는 냇물에서 기운을 차리고 나올 때까지 여기에 있으라."라고 말하고 서둘러 말을 몰아 물가로 갔다. 말에서 내려 그는 옷을 벗고 물에 들어가 아주 시원함을 느끼며 생기를 되찾았다. 그런데 그가 목욕을 하고 있는 동안 생김새나 몸짓 등 모든 면에서 그와 아주 닮은 사람이 나타나 황제가 벗어놓은 옷을 몰래 입고는 말을 타고 그의 수행원들에게로 가버렸다. 그의 생김새가 황제와 너무나 똑같았기 때문에 그의 수행원 중 그 누구도 의심하지 않았고, 이 사람은 즉시 궁전으로 돌아갈 것을 명령했다. 한편 요비니아누스는 물에서 나와 그의 옷과 말을 찾았으나 허사였다. 완전히 벌거벗은 상태에서 주변에 그를 도와줄 사람이 한 명도 없는 상황에 몹시 당황한 황제는 앞으로 어떻게 해야 할지를 곰곰이 생각하였다. "오 나는 얼마나 비참한 상태가 되어버렸는가! 내 기억으로는 이 근처에 기사 한 명이 살고 있으니, 그에게로 가서 나를 시중들도록 해야겠다. 그리고 나서 나는 궁전으로 가 이것이 도대체 어떻게 해서 일어난 일인지를 조사할 것이다. 이 상황에 책임 있는 자는 엄중히 처벌될 것이다."

요비니아누스는 벌거벗은 채로 창피해하며 그가 기억해
낸 기사가 살고 있는 성으로 가서 문을 크게 두드렸다.
문지기가 문에 있는 구멍으로 그를 내다보며 왜 문을 두
드리냐고 물었다. 화가 난 황제가 말했다. "문을 열거라.
그러면 너는 내가 누구인지를 알게 될 것이다." 문지기
는 문을 열었고 그가 본 광경에 놀라며 말했다. "도대체
너는 누구냐?" 황제가 말했다. "나는 너의 황제 요비니아
누스이다. 너의 주인에게 가서 황제의 시중을 들라고 내
가 명령한다고 전해라. 나는 옷과 말을 잃어버렸다." 그
러자 문지기가 소리쳤다. "파렴치한 놈 같으니라구! 네가
오기 직전에 요비니아누스 황제께서 그의 수행단을 이끄
시고 궁전으로 들어가셨다. 나의 주인님은 황제와 함께
가셨다가 이제 막 돌아오셨다. 내 주인님은 황제와 식사
도 하셨다. 하지만 네가 미친놈처럼 황제를 사칭하니 우
리 주인님이 네가 어떤 짓을 하시는지를 당연히 아셔야
할 것이다." 문지기는 안으로 들어가 기사에게 어떤 일이
일어나고 있는지를 고했다. 요비니아누스는 안으로 끌
려들어갔는데 기사는 그를 알아보지 못했다. 기사는 말
했다. "너는 누구냐? 네 이름이 무엇이냐?" 황제가 대답

했다. "나는 요비니아누스 황제이다. 너는 나를 기억하지 못하느냐? 내가 너를 장군으로 승진시키지 않았느냐." 기사가 말했다. "오 이 뻔뻔한 놈아, 네가 감히 황제를 사칭해? 나는 황제와 함께 궁전으로 갔다가 지금 막 돌아왔다. 네놈의 무례는 벌받아 마땅하다." 그리고 그는 하인에게 말하였다. "저자를 매질하여라. 아주 심하게 매질하여 쫓아버려라." 하인은 즉시 주인이 시키는 대로 하였고, 불쌍한 황제는 눈물을 흘리며 외쳤다. "오! 내가 어여삐 여겨 승진도 시켜준 자가 나에게 이렇게 하다니! 나를 몰라볼 뿐만 아니라 이 무자비한 놈들한테 나를 때리도록 시키다니! 하지만 머지않아 내 이 기사를 벌하고 말리라. 내 궁중의 신하인 공작이 한 명 있다. 나는 그에게로 가서 내가 처한 곤궁을 알리리라. 적어도 그는 내 품위를 유지하며 궁전으로 데려가줄 것이다."

그리하여 요비니아누스는 그 공작을 찾아갔고 그가 문을 두드리자 문이 열렸다. 하지만 벌거벗은 사람을 본 문지기는 놀라서 소리쳤다. "너는 도대체 누구이며 왜 그런 꼴로 여기 나타났느냐?" 황제가 대답했다. "나는 너의 황제이다. 나는 사고로 내 옷과 내 말을 잃었고 네 주인에게 도움을 청하러 왔다. 공작에게 가서 내가 그와 볼일이 있다고 전하여라." 문지기는 어리둥절해하며 안으로 들어가 공작에게 문 앞에 나타난 사람에 대하여 고하였다. 공작이 "그를 안으로 들여라."라고 말했다. 문지기가 황제를 안으로 데려갔지만 공작은 그를 알아보지 못했다. 공작이 "너는 누구냐?"라고 묻자 황제는 문지기에게 대답한 대로 다시 말했다. 그러자 공작이 말했다. "불쌍한 미친 자여, 나는 방금 궁전에서 돌아왔는데 네가 사칭하는 황제는 그곳에 계시다. 하지만 네가 바보인지 나쁜 놈인지 모르므로, 그 둘 다를 고칠 수 있는 약을 주겠다. 저자를 감옥에 집어넣고 빵과 물을 주어라." 이 명령은 즉시 시행되었고, 다음 날 벌거벗은 황제는 곤장을 맞고 다시 감옥에 수감되었다.

이런 수모를 당하자 황제는 완전히 자포자기하였다. "이제 어떻게 하지? 나는 앞으로 어떻게 될 것인가? 나는 완전히 모욕당하고 내 신하들에게 미친놈 취급을 당하고 있다. 차라리 바로 궁전으로 갈 걸 그랬어. 내 아내는 날 알아볼 거야. 맞아. 내 아내는 나를 알아보겠지!" 그리하여 그는 감옥에서 탈출하여 궁전으로 가 문을 두드렸다. 그곳에서도 전과 똑같은 대화가 오고 갔다. 문지기가 물었다. "너는 누구냐?" 낙담한 황제가 대답했다. "참으로 이상하고 이상하도다. 네가 나를 몰라보다니, 나를 그렇게 오랫동안 모셔왔던 네가!" 문지기가 화가 나서 대답했다. "내가 너를 모셨다고? 엄청난 거짓말을 하고 있구나. 나는 황제 말고 다른 어떤 분도 모신 적이 없어." 황제가 대답했다. "내가 바로 그 황제다. 네가 내 말을 믿지는 않지만, 그래도 황후에게 가서 내가 지금 너에게 하는 말을 전해라. 내 말을 전하면서 그녀에게 어떤 나쁜 놈이 훔쳐간 내 의복을 가지고 오라고 하여라. 내가 너에게 말해주는 비밀은 그녀와 나 말고는 아무도 모르는 것이다." 문지기가 답했다. "정말이지 너는 완전히 돌았구나. 바로 지금 황제께서는 황후와 함께 식사를 하고 계신다. 하지만 네가 워낙 이상하게 돌았으니 안으로 들어가 네가 하는 말을 전하기는 하겠다. 하지만 너는 곧 아주 심한 벌을 받게 될 것이야." 문지기는 안으로 들어가서 그가 들은 말을 전했다. 황후는 매우 슬퍼하며 말했다. "오,

황제이시여, 이것이 도대체 무슨 일입니까? 지금 문에 나타난 어떤 음란한 자가 우리 둘만이 알고 있는 아주 깊은 비밀을 이야기하며 자신이 황제이고 제 남편이라고 문지기에게 전하라고 했답니다."

가짜 황제가 이 말을 들었을 때 그는 진짜 황제를 안으로 데리고 들어오라고 명령했다. 그가 들어가자마자 난로 옆에 앉아 있던 커다란 개가(그 개는 황제의 사랑을 아주 많이 받은 개인데), 그에게 달려들어 목을 물려고 하였다. 다행히 사람들이 말려서 황제는 목숨을 구할 수 있었다. 가지에 앉아 있던 매도 그를 보자마자 발목의 끈을 떼어버리고 홀 밖으로 날아가버렸다. 가짜 황제가 그의 주변에 있던 신하들에게 말하였다. "친구들이여, 내가 저 사악한 놈에게 무엇을 물어보는지 들어보시오. 너는 누구이며 무엇을 원하느냐?" 진짜 황제가 말하였다. "정말 이상한 질문들을 하는구나. 너는 내가 황제이고 이 궁전의 주인이라는 것을 알고 있지 않느냐." 가짜 황제가 그의 주변에 있는 신하들에게 몸을 돌리고 말했다. "당신들의 충성을 걸고 말해보시오. 우리 둘 중에 누가 당신의 황제이오?" 그들이 말하였다. "황제께서는 너무 쉬운 것을 물어보십니다. 그리고 우리의 충성을 굳이 언급하실 필요도 없습니다. 저 음탕한 자는 우리의 황제일 수가 없습니다. 오직 당신만이 우리가 어린 시절부터 알아온 우리의 황제이십니다. 부디 이 사람에게 심한 벌을 내리시어 다른 이들에게 황제를 사칭하면 어떻게 되는지 본보기가 되도록 하여주십시오." 가짜 황제는 이제는 황후에게로 몸을 돌려 말하였다. "황후여, 당신의 사랑을 걸고 말해주시오. 당신은 자기가 당신의 남편이며 황제라고 부르는 이 자를 아시오?" 황후가 대답했다. "오 황제이시여, 어찌 그러한 것을 제게 물으십니까? 저는 당신과 삼십 년도 넘게 같이 살았고 당신의 아이들을 낳지 않았습니까? 하지만 저는 한 가지 궁금한 게 있습니다. 어떻게 이자가 우리 둘 사이에만 있는 그 깊은 비밀을 알고 있을까요?" 가짜 황제는 아무 대답도 하지 않고 진짜 황제에게 말하였다. "이보아라, 너는 어찌 감히 네가 황제라고 사칭한단 말이냐? 나는 너의 무례한 행동에 말 꼬리에 매달려 끌려가는 벌을 내리노라. 만약 똑같은 말을 계속 한다면 너는 죽음을 당할 것이다." 그리고 그는 그의 호위병들에게 진짜 황제를 말 꼬리에 매달고 끄는 형을 집행하되 목숨은 살려두라고 명하였다.

불운한 진짜 황제는 이제 거의 제정신이 아닐 정도로 되어서 차라리 죽기를 원했다. 그는 외쳤다. "오, 나는 왜 태어났단 말인가? 내 친구들은 나를 피하고 내 아내와 아이들이 나를 알아보지 않는다. 하지만 아직 내 고해신부가 남아 있다. 그에게로 가야겠다. 그는 내 고해성사를 자주 들었으므로 나를 알아볼 것이다." 그리하여 그는 고해신부에게로 갔고 그의 방의 문을 두드렸다. 신부가 말했다. "누구요?" 황제가 대답했다. "나는 요비니아누스 황제요. 창문을 열고 내 말을 들어주시오." 이에 창문이 열렸으나, 고해신부는 밖을 보자마자 급히 창문을 다시 닫았다. 그가 말했다. "저주받은 이여, 얼른 떠나라. 너는 황제가 아니라 악마의 화신이다." 이에 불운한 자의 비참함은 극도에 달했다. 그는 자신의 머리를 쥐어뜯으며 말했다. "오, 내가 어찌 이런 일을 겪는단 말인가?" 이때에 황제는 자신이 거만하게 내뱉은 불경한 말이 떠올랐다. 그는 즉시 다시 신부의 창문을 두드리고 말했다. "십자가에 매달리신 그분의 사랑으로 제 고해를 들어주십시오." 신부는 창문을 열고 "기꺼이 그렇게 해드리겠소."라고 말했다. 그리고 요비니아누스는 그가 그간 겪은 일을 말했고 특히 자신이 하느님께 자신을 견준 일을 말하였다.

고백이 끝나고 그의 죄가 사해지자 신부는 창문 밖을 내다보고 황제를 알아보았다. 그가 말하였다. "하느님께 감사하십시오. 이제 당신이 누군지를 알아보겠습니다. 저에게 옷이 몇 벌 있습니다. 제 옷을 입고 궁전으로 돌아가십시오. 이제 그들도 당신을 알아볼 것입니다." 황제는 신부가 시키는 대로 하였다. 문지기가 문을 열고 그에게 인사하였다. "너는 나를 알아보겠느냐?" 그러자 문지기가 말하였다. "물론이지요, 황제폐하! 제가 황제폐하가 나가시는 것을 못 본 것이 참으로 이상합니다." 궁전으로 들어간 요비니아누스는 모든 이에게 정중한 대접을 받았다. 한편 가짜 황제는 황후와 함께 별채에 있었다. 어떤 기사가 그에게로 가서 말했다. "황제폐하, 궁전의 홀에 어떤 자가 나타났는데 모두가 그에게 머리 숙여 인사합니다. 그는 폐하를 너무 닮아서 우리는 진실로 어느 쪽이 진짜인지 모르겠습니다." 이 말을 듣고 가짜 황제가 황후에게 말하였다. "가서 당신이 그 자를 아는지 한번 보고 오시오." 그녀는 홀로 갔다가 그녀가 본 것에 몹시 놀란 채로 돌아왔다. "오 황제폐하, 저는 누구를 믿어야 할지 모르겠습니다." 그러자 가짜 황제가 말하였다. "그러면 내가 가서 보고 당신을 위하여 결정해주겠소." 그리고 그는 그녀의 손을 잡고 홀로 들어가 그녀를 자신의 옆자리에 앉혔다. 그곳에 모인 신하들에게 그는 말하였다. "우리 둘 중에 누가 당신들의 황제인지를 하늘에 걸고 말해보시오." 황후가 대답했다 "제일 먼저 말하는 것이 저의 의무인 줄 아오나, 하늘에 맹세컨대 누가 황제인지 모르겠습니다." 그러자 다른 사람들도 다 똑같은 대답을 하였다. 그러자 가짜 황제가 말하였다. "친구들이여, 잘 들으시오. 저 사람이 당신들의 왕이며 군주이오. 그는 오만함에 가득 차 자신을 창조하신 분을 업신여겼소. 그리하여 하느님께서는 저자에게 불운을 내리시고 당신들이 저자를 못 알아보도록 하셨소. 하지만 저자는 이제 회개하였고, 하느님은 기뻐하시며 다시 당신들이 그에게 복종하도록 하고 계시오. 그러니 이제 하느님의 뜻을 따르시오." 이렇게 말하고 그는 사라졌다. 황제는 하느님께 감사드리고 신을 진실로 경배하며 행복하고 평화롭게 살았다.

✤ ────────────

친애하는 이여, 황제는 오만과 허영에 가득 찬 사람을 의미한다. 요비니아누스가 처음에 찾아간 기사는 이성(reason)을 상징하는데, 이성은 속세의 허세와 어리석은 행동들을 경멸한다. 공작은 양심을 상징하며 사나운 개는 육신을, 매는 은총을 상징한다. 요비니아누스의 아내는 인간의 영혼이다. 황제가 마지막에 입게 된 옷은 참된 군주, 즉 선한 기독교인에게 걸맞는 좋은 덕목들을 의미한다.

탐욕의 섬세함

❦

어떤 기사에게 아주 아름답고 품위 있는 딸이 하나 있었는데 그녀의 이름은 로자몬드(Rosamond)였다. 열 살 때부터 그녀는 달리기를 아주 잘했고 항상 상대방 선수가 반도 채 못 갔을 때 결승선에 도달했다. 왕은 공표하기를, 공주와 달리기 시합을 해서 공주를 이기는 사람은 그가 누구든지 공주와 결혼을 할 것이며 왕위를 물려받게 될 것이라 했다. 하지만 만약 그가 지면 그는 사형에 처할 것이라고도 했다. 이 마지막 문구는 아주 현명하게 덧붙여진 것인데, 그렇지 않았다면 공주의 미모가 빼어나고 보상이 워낙 큰지라 수도 없이 많은 사람들이 경쟁을 하려고 몰려들었을 것이기 때문이다. 그러나 시도에 실패했을 때의 결과가 워낙 막대했음에도 불구하고 많은 사람들이 왕위 계승이라는 희망에 부풀어 목숨을 걸고 공주와의 경주를 신청했다. 그런데 그 나라에 아비바스 (Abibas)라는 이름의 가난한 사람이 살고 있었다. 그는 생각하기를, "나는 매우 가난하고 천한 태생이다. 내가 공주님을 이기고 공주님과 결혼하면 나뿐만 아니라 내 가족과 친척 모두에게 좋은 일이 될 것이야." 이것은 거부하기에는 너무 좋은 기회였고 그는 경기를 해보기로 했다. 하지만 다른 이들보다 현명했던 아비바스는 다음과 같은 세 가지를 준비하였다. 첫째, 그는 공주가 좋아할 만한 신기하게 생긴 장미꽃 화관을 준비했다. 두 번째로는 아주 값진 비단을 준비했는데, 여자라면 누구나 이런 것을 좋아할 것이라는 생각에서였다. 마지막으로 그는 비단으로 된 가방을 사서 그 안에 "나와 함께 노는 사람은 절대로 노는 것에 질리지 않을 것이다."라고 새겨진 황금으로 된 공을 집어넣었다. 이 세 준비물을 가슴에 품고 그는 궁전의 문을 두드렸다. 문지기가 나와 용건을 물었고, 그는 그가 온 목적을 얘기했다.

그런데 마침 공주가 창문 옆에 서 있다가 아비바스가 궁전을 찾은 목적을 말하는 것을 듣게 되었다. 아비바스의 행색이 가난하고 옷이 다 낡아 찢어진 것을 보고 공주는 그를 경멸하였다. 하지만 그녀는 경주할 준비를 하였고, 모든 것이 준비되자 경기가 시작되었다. 처음에는 앞서 나가던 아비바스를 공주가 막 따라잡으려던 참이었다. 하지만 아비바스가 품에서 장미 화관을 꺼내 솜씨 좋게 공주의 머리에 씌웠다. 꽃의 향기와 아름다움에 끌린 공주는 달리다 멈춰 서서 화관을 살펴보기 시작했다. 아비바스는 공주가 잠시 한눈을 판 사이를 틈타 결승선을 향해 빨리 달려갔다. 그가 달려가는 것을 본 공주가 다시 정신을 차리고 "왕의 딸이 비루한 시골 놈하고 결혼하지는 않을 것이다!"라고 소리쳤다. 그녀는 장미 화관을 우물 안으로 던져버리고 회오리바람처럼 날쌔게 앞으로 달려나갔다. 곧 공주는 아비바스를 거의 따라잡았고 손을 뻗쳐 그의 어깨를 치면서 외쳤다. "바보야, 멈춰. 네가 감히 공주랑 결혼하기를 원하는 거냐?" 그녀가 아비바스를 추월하려는 바로 그 순간 그는 비단천을 꺼내어 그것을 그녀의 발 아래에 깔았다. 다시 유혹에 빠진 그녀는 비단천을 주우려고 멈춰섰다. 아름다운 비단천을 잡고 좋아하며 그녀는 그것을 허리에 두르려고 했다. 그러는 동안 아비바스는 그가 따라잡힌 것보다 더 긴 거리를 앞서 뛰어나갔다. 자신의 어리석음이 어떤 결과를 낳았는지 본 공주는 울음을 터뜨렸다. 그리고 비단헝겊을 찢어버리고 서둘러 달려갔다. 다시 경쟁자를 따라잡은 그녀는 그의 팔을 잡고 그에게 멋지게 한방 날리며 말했다. "바보야, 너는 나랑 결혼 못할 거야." 그리고 즉시 그녀는 전보다 훨씬 더 빠르게 달렸다. 하지만 아비바스는 앞으로 뛰어가며 그녀의 발에 황금 공이 든 가방을 던졌다. 공주가 그것을 줍지 않고 지나치는 것은 불가능했다. 그리고 그 안에 무엇이 들어 있는지도 살펴보아야 했다. 그리고 공에 "나와 함께 노는 사람은 절대로 노는 것에 질리지 않을 것이다."라고 쓰인 것을 본 공주는 그 공을 가지고 계속해서 놀았다. 그리하여 아비바스는 공주보다 먼저 결승선에 도착했고, 공주와 결혼하게 되었다.

❀ ─────

친애하는 이여, 왕은 예수님이고 공주는 영혼이며 아비바스는 악마이다. 악마는 우리를 하느님의 나라라는 결승선에 도달하지 못하도록 여러 가지 유혹책을 사용한다.

소크라테스

❧

클라우디우스(Claudius) 황제에게는 오직 딸만 한 명 있었는데 그녀는 그 누구와 비교할 수 없을 만큼 뛰어난 미모를 가지고 있었다. 어느 날 황제는 잠자리에 누워 딸의 결혼에 대하여 고민하고 있었다. 그는 생각했다. "만일 내가 딸을, 재산은 많지만 바보 같은 자와 결혼시킨다면 아마도 그녀는 죽게 될 것이다. 하지만 내가 딸을, 지금은 가난하지만 현명한 사람과 결혼시키면, 그는 그의 현명함으로 재산을 모을 수 있을 것이다." 한편 그 도시에 소크라테스(Socrates)라 불리는 철학자가 살고 있었는데, 왕은 그를 아주 높이 여겼다. 왕은 소크라테스를 불러와 말하기를, "친애하는 친구여, 나는 내 딸을 당신과 결혼시키려고 하오."라 했다. 소크라테스는 매우 기뻐하며 왕에게 깊은 감사의 마음을 표했다. 하지만 왕이 말을 이었다. "단, 한 가지 조건이 있소. 만약 그녀가 당신보다 먼저 죽는다면 당신은 그녀를 따라 함께 죽어야 하오." 철학자는 이 조건에 동의했고 그들은 성대한 결혼식을 올렸다. 그리고 한참 동안을 행복하게 살았다.

그런데 결국 그녀는 병에 걸렸고 곧 죽게 될 판이었다. 이에 소크라테스는 심히 낙담하고 좌절한 나머지 근처의 숲으로 들어가서 소리치며 괴로워하였다. 그때에 알렉산더 대왕이 그 숲에서 사냥을 하고 있었고, 대왕의 수행원 중 한 병사가 철학자를 보고는 그에게로 말을 달려가 물었다. "당신은 누구요?" 소크라테스가 대답했다. "나는 내 주인의 하인이오. 그리고 내 주인의 하인은 당신 주인의 주인이오." 병사가 외쳤다. "어떻게 이 세상에 내가 섬기는 분보다 더 위대한 분이 있을 수 있단 말이오? 하지만 당신이 그렇게 말을 하니, 내 당신을 우리 주인님에게로 데리고 가리다. 그리고 당신의 주인이 누구인지를 들어봐야겠소." 이에 소크라테스는 알렉산더 대왕 앞으로 끌려갔다. 대왕이 물었다. "친구여, 당신이 말하는 자, 그의 하인이 나의 주인이라는 그 자는 누구인가?" 철학자가 대답했다. "내 주인은 이성(reason)이고 그의 하인은 의지(will)입니다. 대왕님은 나라를 대왕님의 뜻에 따라 다스리지 않으십니까? 그러므로 대왕님의 의지가 바로 대왕님의 주인입니다. 하지만 의지는 나의 주인의 하인입니다. 그러므로 제가 말한 것이 옳다는 것을 대왕님은 부정하거나 반박할 수 없습니다." 소크라테스의 재치에 탄복한 알렉산더 대왕은 그렇다고 솔직하게 대답했고 그 이후의 왕국을 이성에 따라 잘 통치했다.

하지만 소크라테스는 숲 더 깊은 곳에 들어가 자신의 아내가 곧 죽게 될 것을 슬퍼하며 통곡하였다. 그가 한참을 슬퍼하고 있을 때 그 숲에 살고 있던 한 노인이 다가왔다. 그가 말했다. "이보시오, 당신은 왜 그리 슬퍼하고 있소?" 소크라테스가 답했다. "저는 황제의 딸과 그녀가 죽으면 저도 같이 따라 죽어야 한다는 조건하에 결혼하였습니다. 제 아내는 이제 곧 죽을 것이고, 저도 곧 따라서 죽어야만 합니다." 노인이 말했다. "뭐라구요? 당신은 그런 문제로 울고 있단 말이오? 내가 시키는 대로 하시오, 그러면 당신은 충분히 목숨을 구할 수 있을 것이오. 당신의 아내는 왕족이오. 그녀의 가슴에 그녀의 선조의 피를 바르시오. 그리고 이 숲 깊은 안쪽에 들어가서 세 개의 약초를 찾아오시오. 그 약초 중 하나를 가지고 물약을 만들어 그녀가 마시게 하시오. 나머지 두 개는 잘 빻아서 연고로 만들어 상처에 붙이시오. 내가 시키는 대로만 한다면 당신의 아내는 곧 건강을 회복할 것이오."
소크라테스는 그 노인이 시키는 대로 했고, 그의 아내는 즉시 건강을 회복했다. 황제는 소크라테스가 공주의 병을 치료하기 위해 어렵게 고생한 것을 알게 되었고 그에게 많은 보물과 영예를 상으로 내렸다.

❧ ─────────────

친애하는 이여, 황제는 예수님이고 황제의 딸 공주는 영혼이다. 영혼은 만약 영혼이 죄로 인하여 파괴된다면 인간도 같이 파괴된다는 조건하에 인간에게 주어진다. 노인은 현명한 고해신부를, 알렉산더 대왕은 이 세상을 의미한다.

세상의 즐거움

❧

베사피아누스(Vesapianus) 황제에게 아글레이스(Aglaes)라
불리는 딸이 있었는데, 아글레이스는 이 세상의 그 어떤
여자보다도 아름다웠다. 어느 날 황제는 자신 앞에 서
있던 딸을 유심히 살펴보고 나서는 다음과 같이 말하였
다. "사랑하는 딸아, 너의 미모는 네가 지금까지 받아왔
던 칭송들을 훨씬 능가하는구나. 슬픔에 잠겨 있는 사람
이라도 너를 보면 기쁜 마음을 가질 수 있으니, 이제부터
너를 '평안'(comfort)이라고 불러야겠다." 한편 황제의 궁
전 근처에 아주 아름다운 정원이 하나 있었는데 황제는
그 정원에서 산책을 자주 하였다. 그러던 어느 날 황제는
칙령을 내리기를, 공주와 결혼하려고 하는 자는 누구이
던지 궁전으로 와서 이 정원에서 사나흘을 지내고 난 후
결혼할 수 있다고 하였다. 겉으로 보기에 너무 쉬운 이

조건에 수많은 사람들이 모여들어 정원으로 들어갔으나 그들 중 누구도 다시 정원에서 나오지 않았다.

 먼 나라에 살고 있던 어떤 기사가 황제의 딸의 결혼 조건에 대한 소식을 듣고는 궁전으로 찾아왔다. 황제에게 인사를 하고 그는 말하였다. "제가 듣기로는, 황제 폐하, 당신의 정원에 들어가는 자는 누구든지 공주님과 결혼할 수 있다고 들었습니다. 저는 공주님과 결혼하기 위하여 왔습니다." 황제가 대답했다. "들어오거라. 네가 정원에서 나오면 너는 공주와 결혼할 수 있을 것이다." "하지만," 기사가 말을 이었다. "저는 폐하께 한 가지 청이 있습니다. 제가 정원에 들어가기 전에 공주님과 잠시 대화를 나눌 수 있는 기회를 가지고 싶습니다." 이에 황제가 "나는 그것에 반대할 생각은 없다."라고 답했다. 공주가 들어왔고 기사는 이렇게 말을 시작했다. "아름다운 공주님, 슬픔에 잠겨 당신을 만나는 사람이면 누구나 행복한 상태가 되어 돌아가기 때문에 공주님이 '평안'이라 불리신다는 이야기를 들은 적이 있습니다. 그리하여 저는 이렇듯 슬프고 괴로운 마음으로 공주님을 찾아왔습니다.

제가 행복한 마음으로 당신을 떠날 수 있는 방법을 가르쳐주십시오. 많은 사람들이 정원으로 들어갔으나 그 누구도 다시 돌아오지 않았습니다. 만약 저에게도 그런 일이 생긴다면, 오! 저는 공주님과 결혼할 생각을 하지 말아야 했던 것일까요?" 공주가 대답했다. "당신께 사실을 말씀드리고 당신의 불행을 기쁨으로 바꾸어드리겠습니다. 그 정원에는 아주 거대한 사자 한 마리가 있습니다. 그 사자는 저와 결혼하기 위해 정원에 들어가는 사람을 다 잡아먹습니다. 그러니 머리에서 발끝까지 온몸을 무장하시고 갑옷에 끈적끈적한 아마섬유(flax)를 바르십시오. 당신이 정원에 들어가자마자 사자가 당신에게 달려들 것입니다. 사자를 용감하게 공격하시고 당신이 지치면 사자를 그대로 내버려두십시오. 그러면 사자가 즉시 당신의 팔이나 다리를 물 것입니다. 하지만 당신을 물면 아마섬유가 사자의 이에 붙어서 당신에게 상처를 입히지 못할 것입니다. 바로 그 때 칼을 빼어 사자의 머리를 자르십시오. 제가 방금 말씀드린 사나운 사자 말고도 정원에는 다른 위험이 숨어 있습니다. 정원으로 들어가는 입구는 하나이지만 그 안의 길은 미로처럼 되어 있어 도움

68

을 받지 않고는 나오는 길을 찾는 것이 거의 불가능합니다. 하지만 제가 이 문제의 해결책도 역시 가르쳐드리겠습니다. 이 실타래를 가지고 가서 실의 한쪽 끝을 당신이 문을 들어갈 때, 문에 묶으십시오. 그리고 실을 계속 풀면서 정원 안쪽으로 들어가십시오. 하지만 당신이 당신의 목숨을 아끼는 만큼 실을 놓쳐서는 안 된다는 것을 명심하십시오."

기사는 공주가 시키는 대로 모든 것을 다 준비하였다. 무장을 하고 정원에 들어가니 사자가 입을 쩍 벌리고 그를 잡아먹으려고 달려들었다. 기사는 결의에 차서 사자의 공격을 막아냈고 힘에 부치자 몇 걸음 뒤로 물러섰다. 그러자 공주가 말한 대로 사자가 기사의 팔을 물었다. 하지만 사자의 이가 아마섬유와 뒤엉켜서 기사에게 아무런 해도 끼치지 못하였다. 기사는 즉시 칼을 꺼내어 사자와의 결투를 끝냈다. 하지만 그 와중에 불행히도 그는 실을 놓쳐버렸고 사흘 동안 필사적으로 잃어버린 실타래를 찾아 온 정원을 헤맸다. 사흘째 밤에 그는 마침내 실타래를 찾았고 아주 기뻐하며 정원 입구로 서둘러 갔다. 그리고 문에 묶었던 실의 다른 쪽 끝을 풀고 황제에게 갔다. 그리고 얼마 지나지 않아 기사는 공주와 결혼했다.

✤ ────────────

친애하는 이여, 황제는 예수님이고 '평안' 공주는 하느님의 나라를 의미한다. 정원은 속세를, 사자는 악마를 의미한다. 실타래는 그것을 통해 우리가 속세로 들어가는 세례를 의미한다.

눈을 멀게 하는 탐욕

❧

로마의 한 황제가 법을 정하기를 눈이 먼 사람은 누구나 일 년에 백 쉴링을 받을 수 있다고 하였다. 어느 날 스물세 명의 친구들이 로마로 오게 되었고 그들은 술을 마시려고 술집으로 들어갔다. 그 친구들은 술집에서 일주일을 머물며 먹고 마시고 하였다. 하지만 술집 주인에게 그들이 먹고 마신 값을 치르려고 하였을 때 그들에게는 그만큼 충분한 돈이 없었다. 술집 주인이 말하였다. "손님들, 보시오, 백 쉴링이 모자랍니다. 그 돈을 다 낼 때까지 여기서 한 명도 나갈 수가 없소." 술집 주인이 단호하게 나오자 술꾼들은 다소 놀라며 서로에게 시끄럽게 소리를 질러댔다. "이제 어떻게 하지? 우린 그렇게 많은 돈이 없잖아!" 마침내 그들 중 한 명이 말하였다. "내 말 좀 들어봐. 이 나라의 왕은 눈이 먼 사람은 백 쉴링을 받을 수 있다는 법을 정했어. 그러니 우리 제비뽑기를 해서 걸린 사람을 눈멀게 하자. 그리고 왕에게 보내서 그가 약속한 돈을 달라고 해보자. 그러면 우리는 문제없이 여기에서 떠날 수 있어." 친구들은 모두 아주 훌륭한 계획이라고 입을 모아 칭찬했다. 그리고 제비뽑기를 했는데 그 계획을 제일 먼저 제안한 사람이 당첨되었다. 그들은 즉시 그의 눈을 뽑았고 궁전으로 데리고 갔다. 궁전에 도착하여 그들이 문을 두드리자 문지기가 나타나 그들이 왜 왔는지를 물었다. 눈이 먼 사람이 말했다. "저는 눈이 멀었습니다. 그래서 황제께서 정하신 대로 돈을 받으러 왔습니다." 문지기가 대답했다. "알았다. 총리대신에게 보고하겠다."

문지기는 총리대신에게 가서 보고를 하였고 신중한 총리대신은 그가 돈을 주기 전에 눈먼 자의 외관을 찬찬히 살펴보았다. 그리고 그에게 원하는 게 무엇인지 물었다. "저는 법에 따라 백 셜링을 받기를 원합니다."라고 눈먼 사람이 대답했다. 그러자 총리대신이 말했다. "친구여, 내가 틀린 것이 아니라면, 나는 어제 분명히 자네를 술집에서 보았고 자네의 두 눈은 멀쩡했다네. 자네는 법을 잘못 이해하고 있네. 우리의 법은 태어날 때부터 장님이거나 아니면 사고로 눈이 멀게 된 사람들에게만 적용된다네. 이 법은 그런 사람들을 보호하고 도와주려고 만들어진 것이네. 하지만 자네는 아주 옳지 못한 폭음과 폭식으로 생긴 빚을 갚으려고 멀쩡한 두 눈을 뽑았으니 돈을 받을 수 없네. 그러니 다른 데에 가서 도움을 청해보게." 눈이 먼 사람은 자신의 어리석음을 저주하면서 어찌할 바를 몰라 하며 궁전에서 나왔다.

❧ ─────────────

친애하는 이여, 이 이야기에 나오는 법은 하느님의 법을 의미한다. 타고난 심약함이나 악마의 유혹에 넘어가 죄를 짓고 참회하는 자는 용서를 받을 수 있다. 하지만 순전히 나쁜 의도로 죄를 짓고 곤란에 빠진 자는 용서를 받을 수 없다. 술집 주인은 악마를 상징한다.

화합

❧

한때 어떤 도시에 두 명의 의사가 살았었는데 의술이 아주 뛰어나서 그들이 돌본 모든 병자들은 모두 다 건강을 회복하였다. 그러자 그 도시에 사는 사람들은 그 둘 중에 누구의 의술이 더 뛰어난지 궁금해하기 시작했다. 얼마 후에 두 의사는 논쟁을 하게 되었고 결국 이런 말이 오고 가게 되었다. 한 의사가 말했다. "왜 우리가 불화나 질투나 분노 때문에 서로 싸워야 한단 말인가? 우리 같이 경합을 벌여서 우리 중에 의술이 더 못한 사람이 그보다 더 나은 사람의 하인이 되도록 하세." 다른 의사가 말했다. "좋아. 하지만 어떻게 하지?" 첫 번째 의사가 말했다. "내 말을 들어보게나. 내가 먼저 자네에게 아무 상처도 주지 않고 자네의 두 눈을 뽑아서 탁자에 내려놓겠네. 그리고 자네가 원할 때 그것을 다시 자네 눈에 넣어서 예전과 똑같이 회복해놓겠네. 그리고 자네가 똑같은 일을 할 수 있으면 우리는 서로 실력이 동등하다고 여겨질 것이며 형제로서 세상에 걸어나갈 수 있네. 하지만 실패한 자는 다른 사람의 하인이 되는 것이네." 두 번째 의사가 말했다. "좋아, 그렇게 하지."

그리하여 첫 번째 의사가 기구를 들고 두 번째 의사의 눈을 뽑아낸 다음 눈이 있던 자리와 눈꺼풀 부분에 연고를 발랐다. 그가 말했다. "친구여, 자네 무엇이 보이는가?" 두 번째 의사가 말했다. "아무것도 보이지 않네. 다시 눈을 사용하고 싶긴 하지만 지금 아무 고통도 느끼지 않네. 하지만 자네가 약속했듯이 내 눈을 제자리로 다시 넣어주게나." "물론이지." 라고 첫 번째 의사가 말했다. 그는 눈꺼풀의 안쪽과 바깥쪽에 연고를 바르고 눈을 다시 제자리에 정확하게 집어넣었다. "지금은 어떤가?" 두 번째 의사가 말했다. "완벽하네. 그리고 나는 아무 고통도 느끼지 않아." 그러자 첫 번째 의사가 말했다. "좋아. 이제는 자네 차례네."

두 번째 의사가 말했다. "준비되었네." 그리고 그는 기구
를 꺼내들고, 첫 번째 의사가 했던 것처럼 눈의 아래위에
연고를 바르고 눈을 빼내어 탁자에 올려놓았다. 환자는
아무 고통도 느끼지 못하며 말했다. "이제 빨리 제자리로
다시 넣어주게나." 두 번째 의사는 기꺼이 동의했다. 그
러나 그가 도구를 준비하는 동안 까마귀 한 마리가 열린
창문을 통하여 들어왔다. 까마귀는 탁자에 놓인 두 눈을
보고는 그중 하나를 낚아채 사라져버렸다. 두 번째 의사
는 이 일에 몹시 당황하며 생각하였다. "만일 내가 두 개
의 눈을 제대로 돌려주지 않으면 나는 그의 노예가 되어
야만 해." 바로 그때 머지않은 곳에서 풀을 뜯어먹고 있
는 염소 한 마리가 눈에 들어왔다. 그는 즉시 염소에게로
달려가 염소의 눈을 하나 빼어서 그것을 첫 번째 의사에
게 끼워주었다. 두 번째 의사가 말했다. "친구여, 자네 무
엇이 보이는가?" 첫 번째 의사가 말했다. "눈을 뺄 때나
다시 끼워넣을 때나 나는 아무 고통도 느끼지 못했다네.
그런데― 오! 내 눈 중의 하나가 나무를 올려다보고 있
어!" 그러자 두 번째 의사가 말했다. "오, 바로 그게 의술
의 완벽함이지. 우리 중 그 누구도 서로보다 더 우월하지

않네. 이제 우리는 동등한 기술을 가진 자로 친구로 지낼 수 있게 되었네. 이제 우리 둘 사이를 갈라놓았던 경쟁심을 버리도록 하세." 염소의 눈을 가지게 된 의사는 이 말에 동의하고 그 이후로 두 의사는 아주 친하게 잘 지냈다.

✤ ─────────────

친애하는 이여, 두 명의 의사는 새로운 법과 오래된 법을 의미한다. 유대인과 기독교인들이 이러한 식으로 불화를 하고 있다. 빼내진 눈알들은 오래된 법 중에서 기독교인들이 계속 따르는 법을 의미한다. 까마귀는 악마를, 염소의 눈은 유대인들이 따르는 의식(ceremonies)을 의미한다. 유대인들은 이 의식들을 너무 중요하게 여기는 나머지 진실을 식별할 수 없다.

주제넘은 행동

옛날에 한 왕이 있었는데, 그는 시끄럽게 짖어대는 작은 개들을 매우 좋아하였고 그 개들은 그의 무릎 위에서 놀고 쉬는 것이 일상이었다. 왕의 무릎에서 노는 것이 너무 익숙한 나머지 개들은 다른 곳으로는 가지조차도 않았다. 개들은 왕의 얼굴을 쳐다보거나 왕의 목에 발을 올리는 것을 아주 좋아하는 것처럼 보였다. 그런데 어느 날 노새 한 마리가 왕과 개들이 이렇게 친밀하게 지내는 것을 보게 되었다. 이에 노새는 "내가 만약 왕 앞에서 노래를 하고 춤을 추고, 내 발을 왕의 목에 올려놓는다면, 분명히 왕은 나에게 아주 맛있는 것을 주고 그의 무릎에서 내가 쉬게 해줄 거야."라고 생각하였다. 그래서 노새는 우리에서 나와 궁전의 홀로 들어갔다. 그리고 왕에게 달려가 그의 뻣뻣한 발을 아주 어렵게 왕의 목에 올렸다.

노새가 왕에게 사랑을 받으려고 그런 행동을 하는 것을 모르는 왕의 시종들은 노새가 미쳤다고 생각했다. 그래서 노새를 밖으로 끌고 나가 호되게 매질을 한 다음에 다시 우리에 집어넣었다.

✤ ————————

친애하는 이여, 왕은 예수님을 의미하고 시끄럽게 짖어대는 개들은 열성적인 설교자들을 상징한다. 노새는 적합한 자격이 없으면서도 하느님의 말씀을 감히 해석하려고 하는 사람을 의미한다.

악마의 간계와 하느님의 판결

❧

한때 은자가 살았었는데, 그는 인적에서 멀리 떨어진 동굴에서 밤낮을 하느님을 섬기며 살았다. 그의 동굴에서 멀지 않은 곳에 양치기가 돌보는 양떼가 있었다. 어느 날 양치기가 깊은 잠에 빠져 있는 동안 강도가 나타나서 그가 잠자고 있는 것을 보고는 그의 양을 모두 가지고 가 버렸다. 양치기는 잠에서 깨어 양을 모두 잃어버린 것을 알고는 고래고래 소리를 지르며 욕을 하였지만 양이 어디로 갔는지는 도무지 알 수 없었다. 그리고 양떼의 주인은 양치기를 사형에 처하도록 했다. 이것을 본 은자는 몹시 괴로웠다. "오 하느님, 당신은 이 일을 보고 계십니까? 무고한 사람이 죄를 지은 사람 대신에 벌을 받습니다. 왜 당신은 이런 일들이 일어나도록 내버려두십니까? 만약 이처럼 불의가 승리하고야 만다면, 내가 여기 있을 이유가 무엇이 있겠습니까? 나는 다시 속세로 돌아가 다른 사람들과 똑같이 행동하며 살 것입니다."

그리하여 그는 그의 은둔지를 버리고 다시 세상으로 들어갔다. 하지만 하느님은 그가 길을 잃지 않도록 하실 셈이었다. 그래서 사람의 형상을 한 천사를 그에게 보내셨다. 천사는 은자에게로 가서 말하였다, "친구여, 그대는 어디로 가고 있는가?" 은자가 "나는 저쪽에 있는 도시로 간다네."라고 답했다. 그러자 천사가 "내가 자네와 함께 가겠네. 나는 천국에서 온 전령으로 자네가 길을 가는 동안 자네의 친구가 되라고 보내졌다네." 그리하여 그들은 함께 도시로 향해 갔다. 도시에 도착하자 그들은 어느 군인의 집에 가서 하느님의 사랑으로 그의 집에서 밤을 보낼 수 있게 해달라고 부탁했다. 군인은 그들을 기쁘게 받아들였고 공손히 대접했다. 군인에게는 요람에 누워 있는 아주 사랑스런 외아들이 있었다. 저녁 식사 후에, 그들의 침실은 아주 호화롭게 꾸며졌고, 은자와 천사는 잠에 들었다. 그러나 한밤중에 천사가 일어나서 자고 있던 아기를 목 졸라 죽였다. 이 광경을 보고 겁에 질린 은자가 속으로 말하였다. "이 사람은 하느님이 보내신 천사가 결코 아니야. 선한 군인은 우리에게 우리가 필요로 한 모든 것을 다 주었어. 그 군인에게는 오직 이 불쌍한 아기만 있었는데, 이렇게 죽여버리다니." 그러나 은자는 너무 겁이 나서 천사를 대놓고 비난하지는 못하였다.

아침에 은자와 천사는 잠에서 깨어 다른 도시로 갔고 그 도시에 사는 사람 중 한 명의 집에서 융숭한 접대를 받았다. 이 사람에게는 금으로 된 아주 멋진 잔이 하나 있었는데, 그는 이 잔을 몹시 소중히 여겼다. 밤이 되자 천사는 이 잔을 훔쳤다. 하지만 은자는 무서워서 아무 말도 하지 않았다. 다음 날 아침 그들은 다시 길을 떠났고, 도중에 강을 만났는데 강에는 다리가 있었다. 그들은 다리를 건너기 시작했고 다리의 중간쯤에서 가난한 순례자와 마주쳤다. "친구여," 천사가 그에게 말했다. "저쪽에 있는 도시로 가는 길을 가르쳐주지 않겠나." 순례자는 몸을 돌려 손가락으로 그들이 가야 할 길을 가리켰다. 그런데 바로 그때 천사가 그의 어깨를 잡아서 다리 아래의 강으로 던져버렸다. 이 광경을 보자 은자의 두려움은 더 커졌다. 그는 속으로 생각했다. "이것은 악마야, 악마. 천사가 아니야! 도대체 그 불쌍한 사람이 무슨 죄를 지었다고 물에 빠져 죽어야 한단 말인가?" 그는 혼자서 가고 싶었으나 무서워서 감히 말을 하지 못하였다. 저녁 무렵 그들은 어느 도시에 도착해서 다시 숙소를 찾았다. 그러나 그들이 숙소를 청한 집주인은 그들의 청을 단칼에 거절했다. 천사가 말하기를, "하느님에 대한 사랑으로 제발 우리에게 머물 곳을 주십시오. 아니면 우리는 늑대들의 밥이 될 것입니다." 집주인이 돼지우리를 가리켰다. "저 안에는 돼지들이 있소. 만약 당신이 원한다면 거기에서 잠을 자시오. 나는 다른 방이 없소."라고 말했다. 그래서 그들은 집주인이 시키는 대로 했다. 다음 날 아침 천사가 집주인을 불러 "친구여, 나는 당신에게 이 잔을 주겠소."라고 말하고 그가 훔친 금으로 된 잔을 그에게 주었다. 이 광경을 본 은자는 더 놀랐고 속으로 "이자는 악마인 게 정말 분명하다. 우리를 친절하게 접대해 준 사람들에게는 해를 끼치고 우리에게 제대로 묵을 곳을 주지 않은 이 사람에게 그가 약탈한 물건을 주다니." 그리하여 그는 천사에게로 몸을 돌리고 소리쳤다. "나는

더 이상 당신과 동행하지 않겠소. 썩 가버리시오." 그러
자 천사가 "친구여, 일단 내 얘기를 들어보고 갈 길을 가
시오."라고 말하였다.

"당신이 은둔지에 머물고 있을 때 양떼의 주인이 부당하
게 그의 양치기를 죽였소. 그가 죄 없이 죽임을 당한 것
은 사실이오, 그래서 그는 다른 세상에 들어갈 자격이 생
기게 되었소. 하느님은 그가 죽임을 당하도록 허락하셨
는데, 만약 그가 계속 살았다면 죄를 저지르고 회개하기
전에 죽었을 것이기 때문이오. 양떼를 훔친 그 자는 영원
히 고통받을 것이나 양떼의 주인은 그가 모르고 저지른
죄를 보시와 선행을 함으로써 다 갚을 것이오. 내가 요
람에 있는 어린 아들을 죽인 그 자비로운 군인은, 그 아
이가 태어나기 전까지는 보시를 많이 하고 자비로운 일
들을 수없이 많이 하였소. 그러나 아이가 태어나자 그가
지나치게 사랑하는 그 아이를 부유하게 하려고 인색해
졌고 욕심이 많아졌소. 이것이 그 아이가 죽은 이유이오.
이제 아이를 잃은 불쌍한 아버지는 다시 독실한 기독교
인이 되었소. 우리를 환대했던 자로부터 내가 훔친 잔에

는 이러한 사연이 있다오. 그 잔이 만들어지기 전에는 그 주인보다 절제하는 생활을 한 자가 이 세상에 없었소. 그러나 그가 그 잔을 좋아하게 되어 그 잔으로 자주 술을 마시게 된 이후에 그는 한낮에도 두 번 또는 세 번 술에 취해 있게 되었소. 나는 그의 잔을 빼앗았고, 이에 그 주인은 다시 전처럼 술에 취하지 않은 생활로 돌아갔소. 내가 강에 빠뜨린 순례자는 훌륭한 기독교인이었으나 만일 그가 길을 더 갔었더라면 그는 그를 파멸로 이끌 죄를 지었을 것이오. 이제 그는 구원을 받았고 천상의 은혜를 받고 있다오. 마지막으로 내가 그 불친절한 시민에게 잔을 준 것은, 아무 이유 없이 그런 것이 아니라오. 그는 우리에게 돼지우리에서 잠을 자게 했는데 나는 그에게 아주 값진 보상을 하였소. 그러나 그는 이제부터 지옥에서 살게 될 것이오. 그러니 당신이 하는 말을 조심하시고 하느님의 뜻으로부터 벗어나지 마시오. 왜냐하면 하느님은 모든 것을 알고 계시기 때문이오." 천사의 이 말을 들은 은자는 천사의 발에 엎드려 용서를 빌었다. 그는 은둔지로 다시 돌아가 선하고 경건한 기독교인이 되었다.

그레고리우스 교황 이야기

✤

마르쿠스(Marcus) 황제에게는 아들 한 명과 딸 한 명이 있었는데 그는 그들을 몹시 사랑하였다. 나이가 들어 중대한 병에 걸리게 되자, 황제는 곧 자신이 죽을 것을 예감하고 나라의 고위관료들을 불러 모았다. 그리고 그는 "친애하는 이들이여, 오늘 나의 영혼은 내 영혼을 주신 분인 하느님께로 돌아갈 것이오. 나는 오직 내가 아직 결혼을 시키지 않은 딸 때문에 걱정이라오. 그러니 나의 아들이며 나의 후계자인 너는 네 동생에게 그녀에게 알맞는 훌륭한 남편감을 찾아주거라. 그리고 네가 살아 있는 동안 그녀를 너 자신처럼 아끼도록 하여라." 이 말을 마치고 그는 몸을 벽 쪽으로 돌려 누웠고, 그의 영혼은 육신을 떠났다. 로마제국 전체가 그의 죽음을 애도하였고 성대한 장례식을 치렀다.

젊은 황제는 아주 현명하게 나라를 다스리기 시작했고, 아버지 마르쿠스 황제가 유언으로 부탁한 대로 여동생을 위하여 배려를 아끼지 않았다. 그는 그녀와 같은 자리에 앉아 식사를 하였고 그의 거처에 그녀를 머물도록 하였다. 그리고 여기에서 그들의 불행이 시작되었다. 악마의 꼬임에 넘어간 젊은 황제는 가장 혐오스러운 욕망의 노예가 되었고 결국은 울며 애원하는 불쌍한 소녀의 간청에도 불구하고 인간으로서 저질러서는 안 되는 죄를 범하고 말았다. 만약 눈물이 그 치욕을 되돌릴 수 있다면 그녀의 눈물은 이미 충분했다. 그녀는 아주 슬프게 계속하여 울었고 모든 위로를 거부했다. 그러나 황제는 그녀를 위로하고자 계속하여 노력했고 그가 그녀를 사랑하고 있으며 그 역시 고통스럽다고 고백하였다.

그해의 여름 즈음의 어느 날, 식사 중에 황제가 여동생의 안색을 세심히 살펴보더니 말했다. "사랑하는 누이여, 왜 너의 안색이 좋지 않은 것이냐? 네 윗 눈꺼풀이 검게 변했구나." 여동생이 대답했다. "놀랄 일도 아닙니다. 왜냐하면 나는 당신의 아주 끔찍한 사악함의 무게를 몸에 지니고 있기 때문입니다." 이 말을 듣자 황제는 그의 영혼이 깊은 수렁으로 빠지는 듯한 느낌을 받았고, 몸을 돌려 통곡하였다. "오, 내가 태어난 날이여 저주를 받아라! 이제 앞으로 어떻게 해야 할 것인가?" 그러자 여동생이 말하였다. "황제시여, 제 말을 들어보세요. 우리가 하느님의 뜻에 거스르는 죄를 범한 첫 번째 사람들은 아닙니다. 아시다시피 돌아가신 아버님을 보좌했던 분들 중에 나이가 드신 기사 한 분이 계십니다. 그분을 불러서 모든 이야기를 털어놓도록 해요." 황제는 그녀의 제안에 동의하면서, "그러나 그전에 우선 하느님께 우리의 죄를 고하고 용서를 구하도록 하자." 그 둘은 그리하여 고해를 하였고 그들의 회개는 참으로 진실되었다.

그리고 나서 그들은 그 기사를 불러 눈물을 흘리며 그들이 지은 죄를 털어놓았다. 그들의 말을 들은 기사가 말하였다. "황제이시여, 하느님의 품으로 다시 돌아가기를 원하신다면 제가 시키는 대로 하십시오. 폐하가 저지른 죄와 선왕의 죄를 사면받기 위하여 성지(Holy Land)로 떠나십시오. 폐하가 길을 떠나시기 전에 나라의 귀족들을 불

88

러 폐하의 뜻을 밝히시고, 그들에게 공주님이 폐하의 계승자이므로 공주님께 충성을 다하라고 명령하십시오. 그리고는 그들 앞에서 저에게 공주님을 저의 집에서 모시라고 명령하십시오. 그러면 저는 공주님의 출산을 아무도 모르게 처리할 것입니다. 다만 제 아내는 공주님의 출산을 도와야 할 것이므로 이 비밀을 알게 될 것입니다." 황제는 기사에게 "아주 좋은 계획이네. 나는 자네가 시키는 대로 하겠어."

즉시 귀족들이 궁정으로 소환되었고, 곧 황제가 성지로 떠날 준비가 끝났다. 공주는 기사의 성으로 거처를 옮겼다. 기사의 아내가 공주를 보자 그에게 그녀가 누구인지를 물었다. 기사가 대답하기를 "공주님이시네. 아내여, 당신이 제일 성스럽게 여기는 것을 걸고, 그리고 당신의 목숨을 걸고 나에게 맹세해주시게. 내가 이제 당신에게 하는 말을 그 누구에게도 얘기하지 않겠다고." 기사의 아내는 그렇게 하겠노라 맹세하였고 기사는 공주가 처한 상황을 아내에게 설명하고 그녀 말고는 어느 누구도 공주의 시중을 들지 않도록 해야 한다고 말했다. 아내는 기사의 말에 순종하였고 공주는 그녀가 당분간 머물 비밀 거처로 인도되었다. 기사의 아내는 공주의 시중을 극진히 들었고, 때가 되자 공주는 아름다운 남자아이를 출산했다. 이 소식을 듣자 기사는 공주에게 성직자를 불러서 아이에게 세례를 받도록 하자고 하였다. 하지만 공주는 그리하면 자신의 불명예스러운 상황이 탄로가 날 것이라며 기사의 제안을 단번에 거절하였다. 기사가 말하였다. "공주님의 죄는 실로 큽니다. 하지만 그렇다고 해서 이 아이가 구원받지 못하게 해야 합니까?" 공주가 대답하였다. "나의 서약은 이미 하늘에 기록되어 있습니다. 나는 이미 맹세하였고, 그리고 나는 이미 내가 지은 죄에 위증의 죄까지 덧붙이지는 않을 것입니다. 그러니 빈 상자 하나를 준비해주세요." 기사는 공주가 시키는 대로 상자를 준비했다. 공주는 그 상자에 아이가 있는 요람을 넣고 작은 서판에 다음과 같이 적었다. "이 아이를 발견하시는 분께. 이 아이는 부정한 욕망으로 인하여 태어났기 때문에 세례를 받지 못하였습니다. 하느님에 대한 사랑으로 제발 이 아이에게 세례를 해주세요. 아이의 머리맡에 금이 있습니다. 이 금으로 아이를 키워주세요. 아이의 발치에는 은이 있습니다. 이 은으로 아이가 교육을 받도록 해주세요." 공주는 이 문구가 적힌 서판을 아이의 옆구리 옆에 놓고, 머리맡에는 금을 발치에는 은을 놓았다. 그리고 아이를 금수가 놓인 비단 옷으로 감싼 다음 상자를 닫았다. 공주는 기사에게 상자를 바다에 띄워 보내라고 시켰다. 모든 것을 주관하시는 하느님의 뜻에 따라 상자가 안전한 곳에 닿을 것이라고 믿으면서. 기사는 공주의 명을 충실히 수행했다. 상자를 바다에 띄우고 기사는 상자가 시야에서 사라질 때까지 바라보았다.

기사가 성으로 돌아왔을 때 전령이 그를 기다리고 있었다. 그 전령에게 "친구여, 자네는 어디에서 왔는가?" "성지에서 왔습니다." "그래! 어떤 소식을 가지고 왔는가?" "황제폐하가 돌아가셨습니다. 저희는 폐하의 시신을 모셔와 폐하의 성 중 한 곳에 안치하였습니다." 이 소식을 듣자 충성스러운 기사는 눈물을 참을 수가 없었다. 그때 그의 아내가 들어와 마찬가지로 그 소식을 듣고는 함께 슬퍼하며 울었다. 황제의 죽음을 알게 되어 망연자실해 있던 기사는 곧 마음을 가다듬고 아내에게 말하였다. "아내여, 이제는 눈물을 거두시오. 만약 공주님이 우리가 우는 것을 보신다면 이유를 물으실 것이오. 공주님이 산후 몸조리를 마칠 때까지는 이 소식을 전하지 않는 것이 좋겠소." 이 말을 마치고 기사와 아내는 공주의 거처로 갔다. 하지만 그들의 얼굴에서 슬픔을 감출 수 없었고, 이에 공주는 그 연유를 간절히 물었다. 이에 그들은 "공주님, 저희는 전혀 슬프지 않습니다. 저희는 공주님께서 빨리 회복하시어 기쁩니다." 라고 대답했다. 하지만 공주는 "그렇지 않아. 나는 당신들이 좋은 일이건 나쁜 일이건 무언가를 숨기는 것을 알 수 있어. 도대체 무슨 일인가?" 기사가 대답했다. "전령 한 명이 성지로부터 막 도착해서 황제폐하에 대한 소식을 전하였습니다." "그가 어떤 소식을 가지고 왔는가? 그를 이리로 들이도록 하시오."

이에 전령은 공주를 알현하였고 공주는 황제의 소식을 물었다. 전령이 대답하기를, "폐하는 돌아가셨습니다. 저희는 나라의 관습에 따라 폐하의 장례식을 엄수하기 위하여 폐하의 시신을 모셔왔습니다." 이 청천벽력 같은 소식에 공주는 바닥으로 쓰러졌고 기사와 그의 아내도 역시 그녀의 고통을 함께하며 그녀 옆에 주저앉았다. 한참 동안을 이 세 사람은 이 상태로 있었다. 그들의 고통이 너무 컸기에 어떤 소리도 움직임도 없이 시간이 그대로 멈춘 듯했다. 마침내 공주가 제일 먼저 몸을 일으켰다. 그녀는 머리를 쥐어뜯고 자신의 얼굴을 할퀴며 울부짖었다. "오! 저주받은 인생이여. 내가 잉태된 날이 제발 없어질 수 있다면! 이 비참한 인간이 태어난 날이 사라질 수만 있다면! 오 나는 얼마나 부정한 존재인가! 나에게 일어날 수 있는 모든 나쁜 일은 다 일어나고 말았어. 내 희망도, 내 기운도 사라져버렸어. 그는 내 유일한 오빠이고 내 영혼의 반쪽이었는데. 이제 나는 어떻게 해야 하나?" 기사가 일어나서 말하였다. "공주님, 공주님께서 그렇게 힘들어하시면 나라 전체가 흔들릴 것입니다. 이제 오직 공주님만 남으셨고, 공주님이 정당한 후계자이십니다. 만약 공주님께서 무너지신다면 우리나라는 다른 나라의 수중에 떨어지고 말 것입니다. 그러니 기운을 차리십시오. 그리고 황제폐하의 시신을 이리 옮겨오도록 하여 영예로운 장례를 치르게 하십시오. 장례식이 끝나면 왕국을 앞으로 어떻게 통치하실 것인지 의논해보도록 하지요." 기사의 말에 비록 위안을 받지는 않았지만 공주는 울음을 멈추고 일어나 귀족의 무리를 이끌고 황제의 시신이 안치되어 있는 성으로 갔다. 황제의 시신은 영구대 위에 놓여 있었다. 시신이 안치되어 있는 방에 들어가자마자 공주는 황제의 시신을 부둥켜안고 머리에서 발끝까지 입을 맞추었다. 공주가 이토록 극심히 슬퍼하는 것을 본 병사들이 그녀를 영구대에서 떨어지도록 하여 다른 방으로 데리고 갔다. 그리고 그들은 황제의 시신을 장례절차가 치러질 곳으로 장엄하게 운구하였다.

황제의 장례가 끝나고 얼마 되지 않았을 때, 버건디 (Burgundy)의 한 공작이 전령들을 보내어 공주에게 청혼하였다. 하지만 공주는 결코 결혼하지 않을 것이라는 그녀의 뜻을 밝혔다. 그녀의 거부에 화가 난 공작은 이와 같이 말하였다. "만약 그녀가 나와 결혼했다면 내가 그 나라의 왕이 될 수 있었을 것이다. 하지만 그녀가 나를 경멸하였으니 지금 왕위에 앉아 있는 그녀는 결코 평화를 누리지 못하리라." 버건디 공작은 군대를 소집하여 전쟁을 시작하였고 그가 가는 곳이면 어느 장소나 황폐화

시키고 약탈하였다. 그는 아주 잔인무도하게 전쟁을 치렀고 저항하는 모든 도시와 성들을 정복했다. 궁지에 몰린 여왕은 방비가 잘된 도시로 도망가서 그 도시에 있는 안전한 성에서 몇 년을 지냈다.

이제 바다로 던져진 아이의 이야기를 해보자. 그 아이를 담은 상자는 여러 나라의 해안을 떠돌아다니다가 마침내 어떤 수도원에 도착하였다. 그날 마침 수도원의 수도원장은 낚시를 하려고 준비하고 있었다. 그들이 바다에 그물을 던지고 있었을 때, 파도에 쓸려 상자가 해안가로 밀려들어왔다. 수도원장이 그것을 보고 하인들에게 말하였다. "저기 저 상자가 보이는가? 가서 상자를 열어 그 안에 무엇이 있는지를 보고 오게." 하인들은 상자를 열었고 그 안에서 비싼 옷으로 싸인 갓 태어난 남자아이를 보았다. 아이는 수도원장을 보자마자 미소를 지었다. 고귀한 성품을 지닌 수도원장은 아이를 보자 매우 마음이 아팠고 이와 같이 말하였다. "오, 저런, 어찌해서 아이가 이런 불쌍한 상황에 놓였단 말인가?" 아이를 두 팔로 들어 올리며 수도원장은 아이 옆에 놓였던 서판을 보았는데, 아이의 불행한 어머니가 그곳에 둔 바로 그 서판이었다. 수도원장은 그 서판에 적힌 글을 읽고 아이가 부정한 사랑의 결과로 태어났으며 아직 세례를 받지 못했다는 사실을 알게 되었다. 아이가 세례를 받도록 해달라는 부탁과 아이의 양육과 교육을 위해 써달라는 금과 은을 보았을 때, 수도원장은 즉시 아이에게 세례를 주고 자신의 이름을 따 아이의 이름을 그레고리우스(Gregorius)라 정하였다. 그리고 나서 그는 아이와 아이와 함께 발견된 금과 은을 한 어부에게 주며 그를 키우도록 하였다. 그레고리우스는 모든 사람의 사랑을 받으며 자라났다. 그가 일곱 살이 되었을 때 수도원장은 그를 교육시키기 시작했고, 그 아이는 놀라울 정도로 배운 것을 잘 익혀갔다. 수도승들은 마치 수도원의 가족인 양 그 아이를 좋아하였으며 얼마 지나지 않아 아이는 수도승들보다 더 많은 지식을 쌓게 되었다.

어느 날 그레고리우스가 양아버지인 어부의 아들과 함께 공놀이를 하던 중 우연히 그를 공으로 치게 되었다. 어부의 아들은 몹시 울어대며 집으로 달려가 엄마에게 그레고리우스에게 맞았다고 고자질하였다. 화가 난 어부의 아내는 즉시 집 밖으로 달려가 그레고리우스를 심하게 질책하며 말했다. "무례한 놈 같으니라고, 왜 내 아들을 때린 거냐? 너, 출신도 나라도 모르는 네 주제에 어찌 감히?" 그레고리우스가 대답했다. "어머니, 제가 어머니의 아들이 아닌가요? 왜 그런 말씀을 하세요?" "내 아들이라고! 흥, 절대 그렇지 않아. 나도 네가 누구의 아들인지 모른다. 난 네가 어느 날 통에서 발견되었고 수도원장님이 너를 우리에게 데려다준 사실밖에 몰라!" 이 소리를 들은 소년은 눈물을 흘리며 수도원장에게로 가서 말하였다. "수도원장님, 저는 오랫동안 수도원장님과 함께 하였고 제가 어부의 아들이라고 믿었습니다. 그런데 그렇지 않다는 것을 오늘 알게 되었어요. 제 부모가 누구인지도 몰라요. 수도원장님, 제가 군인이 되게 해주세요. 저는 여기에서 더 이상 살고 싶지 않아요." 그러자 수도원장이 말하였다. "사랑하는 아들아, 그런 생각은 하지 말거라. 수도승들 모두가 너를 사랑하고 있으며 내가 죽은 후에 그들은 너를 수도원장으로 추대할 것이다." 그레고리우스가 대답하였다. "저는 제 부모가 누구인지도 모릅니다. 하지만 저는 더 이상 이런 상태로 살고 싶지는 않습니다." 아무 위로도 소용이 없다는 것을 알게 된 수도원장은 안으로 들어가서 그가 아이의 요람에서 발견한 서판을 꺼내왔다. "아들아, 이것을 읽어보아라. 그러면 너는 네 출생에 대하여 알게 될 것이다."서판에 적힌 글을 읽자 그레고리우스는 땅으로 엎어져 소리쳤다. "오, 내 부모가 그런 사람들이었다니! 나는 성지로 가서 내 부모의 죄를 위하여 싸울 것이고 그곳에서 죽음을 맞을 것이야. 그러니 수도원장님, 저를 기사로 만들어주세요." 수도원장은 그가 원하는 대로 해주었고, 그가 떠난다는 소식을 들은 수도승들과 마을 주민들은 모두들 크게 소리내어 탄식하였다.

그레고리우스는 수도원을 떠나 즉시 성지로 가는 배를 타고 출발했다. 그런데 항해 도중 역풍이 불기 시작했다. 그리고 배는 파도에 밀려 어떤 해안가에 도착하게 되었는데, 그곳은 그의 어머니가 사는 성이 있는 곳이었다. 그 나라가 어떤 나라이고 왕이 누구인지는 배의 선원들도 몰랐다. 그레고리우스가 도시에 들어갔을 때, 어떤 시민이 그에게 물었다. "기사님, 당신은 어디로 가십니까?"
"나는 숙소를 찾고 있소."라고 그레고리우스가 대답했다.
그러자 그 친절한 시민은 그를 자신의 집으로 데려가 융
숭히 대접하였다. 집주인과 식사를 하면서 그레고리우
스가 이 나라는 어느 나라이며 왕이 누구인지를 물었다.
집주인이 대답하기를, "기사님 얼마 전까지만 해도 우리
는 아주 강력한 황제를 군주로 모시고 있었습니다. 그런
데 그가 성지에서 전쟁을 하다가 돌아가셨고 왕좌를 여
동생에게 남겼습니다. 버건디 공작이 우리 여왕님과 결
혼을 하려고 하였지만 여왕님은 거절하였습니다. 그러
자 버건디 공작이 무력으로 우리나라를 침략하여 여왕님
이 계시는 이 도시를 제외한 나머지 영토를 장악하였습
니다." 기사가 말하였다. "내가 당신을 믿고 내 소망을 말
해도 되겠소?" "네, 물론입니다." "나는 용병이오. 내일 궁
전으로 가서 총리대신을 만나게 해주시오. 만약 그가 내
게 충분한 보상을 약속한다면 나는 올해에 여왕을 위하
여 싸울 것이오." 주인이 대답했다. "총리대신이 틀림없
이 당신의 요구를 들어줄 것입니다. 내일 궁전으로 가서
말을 전하겠습니다." 그 시민은 다음날 궁전으로 가서

총리대신에게 말을 전하였다. 총리대신은 매우 기뻐하며 즉시 그레고리우스를 불러들였다. 그리고 그가 도착하자 그를 여왕에게로 데려갔고, 여왕은 그의 제의를 기쁘게 수락하였다. 하지만 여왕은 그레고리우스가 자신의 아들이라는 것을 전혀 알아차리지 못했다. 아기가 이미 오래전에 파도에 휩쓸려 죽었을 것이라고 생각했기 때문이었다. 그리하여 총리대신은 여왕이 보는 앞에서 그레고리우스와 일 년 계약을 맺었다. 다음 날 그레고리우스는 전투를 준비하였고 많은 수의 병사를 소집하였다. 그레고리우스는 아주 뛰어난 전술을 사용하여 모든 전투에서 승리를 거두었고 버건디 공작의 궁전에 당도해서는 그를 죽였다.

곧 그는 아직 적의 수중에 남아 있던 다른 모든 도시들을 탈환하였으며 그의 용맹함에 모두들 복종하였다. 이리하여 그가 계약한 일 년이 다 되기도 전에 그레고리우스는 온 나라를 되찾았다. 그레고리우스는 다른 나라로 갈 생각을 하며 그가 싸운 대가를 지불해달라고 요청하였다. 이에 총리대신이 답하였다. "기사님, 당신은 우리가 애초에 계약한 것보다도 훨씬 더 많은 대가를 받으실 만합니다. 여왕님께로 가서 당신의 보수를 결정합시다." 그들은 함께 궁전으로 갔고, 총리대신이 여왕에게 말하였다. "여왕님, 저는 당신께 이로운 조언을 해드리려고 합니다. 나라의 수장이 없었던 관계로 우리는 많은 고난을 겪어왔습니다. 그러니 여왕님께서는 그런 고난이 되풀이되지 않을 수 있게 우리를 지켜줄 능력이 있는 남편을 취하시는 것이 바람직합니다. 우리나라는 충분히 부유하므로 돈이 많은 사람과 결혼하시라고 말씀드리지는 않겠습니다. 모든 면에서 그레고리우스 기사님보다 나라에 도움이 되고 적절한 분은 없다고 봅니다." 여왕은 전에도 그러하였듯이 다시는 결혼을 하지 않겠다는 결심을 한 바였다. 하지만 총리대신의 끈질긴 설득에 밀려서 며칠간 생각을 해 본 후 결정하겠다고 대답했다. 그리고 그녀가 결정을 발표할 날이 되었다. 그녀는 궁전에 모인 귀족들 앞에서 이와 같이 말하였다. "그레고리우스 기사가 용감하게 싸워서 나와 나의 나라를 적의 수중에서 구하였으니 나는 그를 나의 남편으로 맞겠다." 이에 모든 귀족들이 기뻐하였다. 그리고 시간을 끌지 않고 곧 결혼식을 올리기로 결정되었다. 그들은 온 나라의 축복 속에 결혼하였다. 어머니와 아들의 결혼이었으나 여왕도 기사도 그 사실을 모르는 채 그들은 서로를 아끼며 살았다.

그러던 어느 날, 그레고리우스가 사냥을 하러 나갔을 때 여왕의 시녀가 여왕에게 말하였다. "여왕님, 혹시 폐하께 무슨 잘못을 하셨어요?" 여왕이 대답했다. "아니, 그런 일은 없는데. 이 세상에서 우리보다 서로를 사랑하고 아끼는 부부가 어디에 있겠느냐? 왜 그런 것을 묻지?" 이에 시녀가 대답하기를, "폐하께서는 매일 그의 거처에 아주 기분 좋게 들어가셨다가는 나오실 때는 몹시 슬퍼하고 눈물을 흘리십니다. 그리고 세수를 하시지요. 저는 그 이유를 모르겠습니다. 그래서 여쭤본 겁니다." 이 이야기를 듣자 여왕은 즉시 왕의 거처로 들어가 모든 방과 벽장들을 살펴보았다. 마침내 그녀는 그의 출생의 비밀이 적혀 있는 서판이 있는 방에 들어갔다. 그는 그 서판을 매일매일 읽었던 것이다. 이 서판을 보고 여왕은 몹시 서럽게 울었다. 그것은 바로 그녀가 아들의 요람에 넣었던 것이었고 마치 마술에 홀린 것처럼 서판이 눈앞에 나타나자 과거의 모든 일들이 다시 생생히 기억에 되살아났다. 여왕은 그 서판을 열고 자신이 쓴 글을 읽었다. "오, 그가 내 아들이 아니라면 어떻게 내 어두운 과거의 징표를 가지고 있을 수 있단 말인가?" 그녀는 한탄하며 울부짖었다. "오, 내가 이 세상에 태어나지 말았어야 했는데, 오 내가 태어나기 전에 죽었어야 했거늘!" 홀에 서 있던 병사들은 비통에 찬 여왕의 울부짖음을 듣고는 그녀가 있는 방으로 달려갔다. 그녀는 땅에 쓰러져 있었는데 한참 동안을 움직이지 않았다. 마침내 그녀가 몸을 일으켜 말을 할 수 있게 되자 그녀는 병사들에게, "만약 내가 살기를 원하거든 당장 폐하를 모셔오너라."라고 말하였다. 병사들은 즉시 말을 타고 왕에게로 가서 여왕의 상태를 전했다. 왕은 즉시 성으로 들어가 여왕이 누워 있는 방으로 들어갔다.

그를 보고 여왕이 말하였다. "폐하, 다른 사람은 모두 가라고 하십시오. 우리 둘만이 할 이야기가 있습니다." 이에 신하와 하녀들은 모두 방에서 나갔다. 그리고 여왕은 그에게 그가 어떤 가문의 사람인지를 물었다. 왕이 답하기를, "참으로 이상한 질문을 하십니다. 저는 머나먼 외국에서 왔습니다." 그러자 여왕이 "하늘에 맹세컨대, 만약 당신이 진실을 말하지 않으면 나는 죽어버릴 거예요." "그러면 저는 가난하고 비참한 사람이 되겠군요. 당신의 나라를 구한 무기 말고는 아무것도 가진 것이 없는." 이에 여왕이 간청했다. "제발, 당신이 어느 나라에서 왔고, 부모님은 누구이신지만 말해주세요. 당신이 사실대로 말하지 않으면 나는 지금부터 아무것도 먹지 않겠어요." 왕이 대답했다. "저는 어렸을 때부터 한 수도원장의 손에서 자랐습니다. 그분이 말씀하시길 제가 상자 안에서 발견되었다고 합니다." 이 말을 듣고 여왕은 그에게 서판을 보여주며 물었다. "이게 뭔지 아시죠?" 서판을 보자 왕은 바닥으로 주저앉았다. 여왕이 울부짖었다. "오, 내 아들아, 너는 내 아들이야. 내 유일한 아들이자 나의 남편이며 나의 군주! 너는 내 오빠와 나의 아들이다. 내가 너를 이 서판과 함께 상자에 넣었다. 오 하느님, 왜 당신은 나를 태어나게 하셨습니까? 제가 이렇게 많은 죄를 짓게 될지언대, 왜 저를 태어나게 하셨습니까? 나를 바라보는 눈빛들이 나를 재로 만들어버릴 수 있다면, 오 나는 태

어나기도 전에 죽었어야 했는데, 오!" 그리고 그녀는 자
신의 머리를 벽에 박으며 말했다. "하느님, 내 아들을 보
세요— 내 남편이자 내 오빠의 아들인 내 아들을…!" 그
레고리우스가 말했다. "오, 내가 위험을 피하려다 오히려
악마의 함정에 빠지고 말았구나! 여왕님, 제가 가서 홀
로 슬퍼하도록 허락해주십시오. 아, 슬프고도 슬프도다!
내 어머니가 나의 아내라니! 사탄이 나를 이렇게 음모에
빠뜨렸구나!" 아들이 이렇게 슬퍼하는 것을 본 어머니가
말하였다. "사랑하는 아들아, 내 남은 평생을 나는 곤궁
속에서 방랑을 하며 우리의 죄를 속죄하는 데에 바칠 것
이다. 너는 이 왕국을 다스리도록 하여라." 그레고리우스
가 대답했다. "아닙니다, 어머니. 어머니께서 여기에 남으
십시오. 우리의 죄가 사해질 때까지 제가 방랑 생활을 하
며 속죄하겠습니다."

그날 밤, 그레고리우스는 자리에서 일어나 창을 꺾어 부
숴버리고 순례자의 옷을 걸쳐입었다. 그는 어머니에게
작별인사를 고하고 맨발로 길을 떠나 왕국의 국경까지
걸어갔다. 여기에서 어떤 도시로 들어간 그는 어떤 어부

의 집을 찾아가 하룻밤 재워줄 것을 청하였다. 어부는 그를 찬찬히 살펴보고는 그의 단아하고 우아한 자태를 보고는 말하였다. "친구여, 당신은 진실된 순례자이군요. 나는 당신의 고매한 몸가짐을 보고 알 수 있습니다." 그가 대답했다. "아닙니다. 하지만 제가 진실된 순례자가 아니기는 해도, 하느님의 사랑으로 오늘 당신이 저에게 잠자리를 주실 것을 부탁드립니다." 어부의 아내 역시 그를 보고는 경건한 마음이 들어 그에게 자신의 집에서 하룻밤을 지내달라고 요청했다. 그리하여 그는 집 안으로 들어가 현관 문 옆에 자신의 잠자리를 마련해줄 것을 부탁했다. 어부와 아내는 그에게 생선과 물과 빵을 주었다. 그리고 어부가 말했다. "순례자시여, 만약 당신이 성스러운 자가 되려 한다면 여기에서 멀리 떨어진 곳으로 가십시오." 그레고리우스가 대답했다. "저는 기꺼이 당신의 조언을 따르고 싶으나, 어디로 가야 할지를 모르겠습니다." 그러자 어부가 "내일 제가 당신을 그리로 데려다 드리겠습니다."라고 말했다. 이에 그레고리우스가 "하느님의 축복이 부디 당신께 내리시기를."이라 답하였다. 다음 날 아침 어부가 그를 깨워서 길을 재촉하였는데, 그가 너무 재촉하는 바람에 그레고리우스는 서판을 그가 잠을 잤던 문 뒤에 그대로 놓고 출발하고 말았다. 어부와 그레고리우스는 배를 타고 출항하여 한참을 간 후 거대한 바위에 도착했다. 그곳에서 어부는 그레고리우스의 발에 사슬을 묶고 열쇠로 잠가버렸다. 그리고 나서 어부는 그 열쇠를 바다에 던져버리고는 홀로 집으로 돌아왔다. 순례자는 이 바위에서 십칠 년을 진실된 참회를 하며 지냈다.

이 무렵에 교황이 별세했는데, 바로 임종의 순간에 하늘에서 소리가 들렸다. "그레고리우스라는 이름의 사람을 찾아서 그를 교황으로 임명하도록 하라." 주교들은 이 소리를 듣고 매우 기뻐하며 온 세계에 전령들을 보내어 그를 찾기 시작했다. 마침내 전령들 중의 몇 명이 그 어부의 집에 묵게 되었다. 식사를 하며 그들 중 한 명이 말하였다. "집주인이여, 우리는 교황이 되실 그레고리우스라는 분을 찾아 온 도시와 마을들을 다니느라 아주 지쳤습니다." 이 말을 듣자 어부는 순례자를 머리에 떠올리며 말하였다. "십칠 년 전에 그레고리우스라는 이름의 순례자가 여기에 묵었었습니다. 저는 그를 바다 한가운데의 바위에 데려다주고 왔습니다. 하지만 너무 오래전 일이라, 아마 그는 죽었을 겁니다." 그런데 마침 이날 어부는 아주 많은 생선을 잡았다. 그가 생선 한 마리의 배를 가르자 그 안에서 그가 십칠 년 전에 바다에 던져버린 열쇠가 나왔다. 그는 즉시 외쳤다. "오, 친구들이여, 이 열쇠를 보시오! 이건 내가 바다에 던져버린 바로 그 열쇠요. 아마도 이건 당신들이 그간 고생한 보람이 있을 것이라는 징조 같소!" 전령들은 매우 기뻐하며 다음 날 아침 일찍 그들을 그 바위로 데려다 달라고 했다. 그리하여 다음 날 그들이 바위에 도착했을 때, 그들은 그레고리우스를 보고 말하였다. "하느님께서 사랑하시는 자여, 일어나서 저희와 함께 가십시오. 이는 하느님이 명하심이니 우리와 함께 가십시오. 당신이 교황이 되는 것이 하느님의 뜻입니다." 그레고리우스가 대답하였다. "하느님의 뜻대로 하리라." 그리고 그는 전령들과 함께 바위를 뒤로하고 배에 올랐다. 그들이 도시로 다가갈 즈음에 교회의 종들이 저절로 울리기 시작했고, 종소리를 들은 시민들은 성호를 그으며 새 교황을 맞으러 나갔다. 이리하여 그레고리우스는 교황이 되었고 모든 면에서 아주 훌륭하게 그의 임무를 수행하였다. 전 세계에서 많은 사람들이 그에게로 와서 조언과 도움을 구하곤 하였다.

한편, 교황이 얼마나 고결하고 신성한 분인지에 대하여 소문을 듣게 된 그레고리우스의 어머니는 그토록 신성한 분이시라면 자신을 도와줄 수 있을 것이라고 생각하게 되었다. 교황이 자신의 아들이자 남편일 것이라는 것은 꿈에도 상상하지 못한 채. 그리하여 그녀는 로마로 서둘러 갔고 교황에게 고해성사를 하였다. 하지만 고해성사가 다 끝나기도 전에 그레고리우스 교황은 자신의 불행한 어머니를 알아보고 말하였다. "사랑하는 어머니, 그리고 나의 아내여, 사탄이 우리를 지옥에 빠뜨리려고 하였으나 하느님의 은총으로 우리는 사탄의 손아귀에서 벗어났습니다." 이 말을 듣고 여왕은 그의 발치에 엎드렸다. 그리고 아주 기뻐하며 눈물을 흘렸다. 교황은 그녀를 일으켜 따뜻하게 안아주었다. 그는 수도원을 세워 여왕을 대수녀원장으로 임명하였다. 그리고 얼마 지나지 않아 그레고리우스 교황과 그의 어머니는 하느님의 품으로 돌아갔다.

✤ ─────────────

친애하는 이여, 공주는 영혼을 상징하고 왕자는 육신을 상징하며, 공주를 왕자에게 맡긴 마르쿠스 황제는 예수님을 상징한다. 그들이 한 방에 거주함은 그들이 한 마음임을 의미한다. 이 둘에서 태어난 아이는 인간이다. 아이가 놓인 상자는 성령(Holy Spirit)으로 이 속세의 바다 위를 떠돌아다닌다. 버건디 공작은 악마를 상징하며 그는 영혼을 공격하여 정복한다. 하지만 신이며 동시에 인간인 아들−예수님이 정복당한 영혼을 구하고 어머니와 결혼한다. 서판은 십계명이고, 수도원장은 그의 독자로 하여금 우리를 구하신 하느님이시다. 어부와 그의 아내는 장로이고 그레고리우스가 바위를 떠날 때 탄 배는 교회이다. 총리대신은 고해신부이다. 부서진 창은 사악한 삶을 멀리하는 것을 의미한다. 바위는 참회를 의미한다.

하느님의 은혜

✦

폼페이우스(Pompeius) 황제 시절 아주 아름답고 사랑스러운 숙녀가 살고 있었는데 그녀의 집 근처에 성품이 고귀하며 잘생긴 병사가 살고 있었다. 그는 그녀를 자주 방문했고 사랑을 고백했다. 어느 날 그녀를 방문한 병사는 그녀의 손목에 매가 한 마리 올라 있는 것을 보고 그 매를 아주 마음에 들어했다. 병사가 말했다, "아가씨, 만약 당신이 저를 사랑하신다면 그 아름다운 새를 저에게 주십시오." 그녀는 대답했다. "좋아요. 하지만 한 가지 조건이 있어요. 당신이 그 새를 너무 사랑해서 저와 함께 보내는 시간이 없어지지 않도록 하셔야 해요." 그러자 병사가 소리쳤다. "그런 배은망덕한 일은 없을 것입니다. 저는 어떤 이유로도 당신을 저버리지 않을 것입니다. 당신의 이 친절함이 제가 당신을 더 사랑하도록 만든다는 것을 믿어주십시오."

숙녀는 그에게 매를 주었고, 병사는 그녀에게 작별인사를 하고 자신의 성으로 돌아왔다. 그러나 그는 그 새를 너무 좋아해서 숙녀에게 약속한 것을 까맣게 잊어버리고는 매와 함께 사냥을 할 때 빼고는 그녀에 대해서 생각하지 않았다. 그녀가 그에게 전령을 보냈으나 소용없었다. 그는 그녀를 방문하지 않았다. 마침내 그녀는 아주 절실한 편지를 써서 그에게 즉시 매와 함께 와달라고 간청했다. 병사는 그녀에게 갔고, 그녀는 그에게 인사한 후에 그녀가 그 새를 만져보도록 해달라고 부탁했다. 그리고 그 새를 손에 넣자마자 새의 목을 비틀어 죽여버렸다. 화가 난 병사가 말했다. "아가씨, 이 무슨 일입니까?" 이에 숙녀가 대답했다. "화내지 마시고 내가 한 일에 차라리 기뻐하세요. 이 매 때문에 당신은 저에게 오지 않으셨습니다. 저는 당신이 전처럼 다시 저에게 오시도록 이 새를 죽인 것입니다." 이 이유에 만족한 병사는 다시 그의 사랑에 충실하게 되었다.

왕은 하느님이시고, 숙녀는 예수님의 신성과 결합한 인간의 본
성이다. 병사는 기독교인이고, 매는 일시적인 번영을 의미한다.

이야기 19

게으름

❧

플리니우스(Plinius) 황제에게는 세 명의 아들이 있었는데, 황제는 이들을 매우 사랑하였다. 그는 자신의 나라를 물려주기를 원하였고 세 명의 아들을 불러 이와 같이 말하였다. "너희들 중 제일 게으른 자가 이 나라를 물려받을 것이다." 첫째 아들이 말하였다. "그러면 왕국은 당연히 제 것입니다. 왜냐하면 저는 불 옆에 앉아 있다가 다리를 빼내는 것이 너무 귀찮아서 다리가 불타버렸기 때문입니다." 둘째 아들이 말하였다. "왕국은 당연히 제 것입니다. 왜냐하면 제가 밧줄에 목이 매달려 있고 손에 칼이 있어도 저는 너무 게을러서 손을 들어 밧줄을 끊지 않을 것이기 때문입니다." 셋째 아들이 말하였다. "왕국은 제 것입니다. 왜냐하면 저는 형님들보다 더 게으르기 때문입니다. 제가 침대에 누워 있을 때 물이 한 방울씩 제 눈으

로 떨어졌습니다. 계속해서 떨어지는 물방울 때문에 눈
이 멀 지경이 되었어도 저는 머리를 오른쪽으로나 왼쪽
으로 조금이라도 돌릴 수 없었습니다." 이 말을 들은 황
제는 셋째 아들이 제일 게으르다고 판단하고 그에게 왕
국을 물려주었다.

✤ ───────────────

친애하는 이여, 왕은 악마를 상징하며, 세 명의 아들은 타락한
인간의 각기 다른 부류들을 상징한다.

이야기 20

세 가지 경구

❧

도미티아누스(Domitianus)는 아주 현명하고 공정한 군주
였고, 잘못을 저지른 자에게는 빠짐없이 벌을 내렸다. 어
느 날 그가 식사를 하고 있을 때 한 상인이 문을 두드렸
다. 문지기가 문을 열고 그에게 원하는 바가 무엇인지를
물어보았다. 상인이 대답했다. "저는 아주 유익한 것을
팔려고 왔습니다." 문지기가 그를 안으로 들였고 상인
은 황제에게 공손히 인사하였다. 황제가 물었다. "친애하
는 이여, 당신은 어떤 물건을 팔러 왔는가?" 그가 대답했
다. "아주 유용하고 훌륭한 세 개의 경구를 팔러 왔습니
다." "그 경구들을 얼마에 파느냐?" "금화 천 냥입니다."
"만약, 그 경구들이 나에게 도움이 되지 못하면 나는 천
냥을 잃는 게 아닌가?" 상인이 대답했다 "황제폐하, 만약
제 경구들이 도움이 되지 못한다면 돈을 돌려드리겠습니

116

다." 황제가 대답했다. "좋다, 너의 경구를 들어보자." "폐하, 첫 번째 경구는 이것입니다: 네가 어떤 일을 하든지 현명하게 하라, 그리고 그 일의 결과를 생각하라. 두 번째 경구는 이것입니다: 대로를 버리고 지름길로 가지를 마라. 세 번째 경구는 이것입니다: 집주인이 늙은 남자이고 그의 아내가 젊은 여자인 집에서 손님으로 밤에 묵지 마라. 이 세 경구를 마음에 새기고 지키신다면 아주 큰 도움이 될 것입니다." 황제 역시 그처럼 생각하고 그에게 천 냥을 주도록 하였다.

황제는 특히 첫 번째 경구를 마음에 들어 하며 그것을 궁정과 그의 침실과 그가 산책하는 곳 어디에나, 심지어는 그가 식사를 하는 탁자의 식탁보에도 새기도록 하였다. 그러던 중 그의 엄격한 판결에 앙심을 품은 자들이 음모를 꾸미기 시작했다. 음모자들은 그들의 뜻을 이루기 위해 이발사 한 명에게 엄청난 양의 돈을 주고 고용하여 황제를 이발하는 동안에 그의 목을 자르라고 시켰다. 그리하여 황제가 이발을 하게 되자 이발사는 황제의 수염에 비누 거품을 바르고 면도를 하기 시작했다. 그런데 그가 황제의 목에 두른 수건을 보았을 때 그 수건에 "네가 어떤 일을 하든지 현명하게 하라, 그리고 그 일의 결과를 생각하라."라고 새겨진 것을 보았다. 그 경구에 깜짝 놀란 이발사는 속으로 생각했다. '나는 오늘 황제를 죽이도록 고용되었다. 만일 내가 그렇게 한다면 내 결말은 불명예스러워질 것이 틀림없다. 나는 아주 수치스러운 죽음을 맞게 될 것이다. 그러니 이 경구대로, 내가 무엇을 하든지 그 행동의 결과를 생각하는 것이 좋겠다.' 이러한 생각에 혼란스러워진 이발사는 그의 손을 떨었고 면도칼이 손에서 바닥으로 떨어졌다. 이것을 본 황제가 이발사에게 그 이유를 물었다. 이발사가 대답했다. "오, 황제폐하, 저를 용서해주십시오. 저는 오늘 당신을 죽이도록 매수되었습니다. 하지만 우연히, 아니 하느님의 뜻으로 저는 수건에 새겨진 문구를 읽었습니다. '네가 어떤 일을 하든지 현명하게 하라, 그리고 그 일의 결과를 생각하라.' 이에 제 행동의 결과가 분명히 저의 죽음이라는 것을 생각하게 되고는 손이 너무 떨려서 칼을 떨어뜨리게 됐습니다." 황제가 생각했다. "첫 번째 경구가 내 목숨을 살렸구나. 참말로 때맞춰 그 경구를 샀다." 그리고 이발사에게 말하였다. "나는 네가 앞으로는 나에게 충성한다는 조건으로 너를 용서하겠다."

황제의 암살을 꾀했던 귀족들은 그들의 계획이 수포로 돌아간 것을 알게 되자 앞으로 어떻게 할 것인지를 의논하였다. 그들 중 한 명이 말했다. "그가 어떤 도시를 방문하기로 정해진 날이 있소. 우리가 지름길에 숨어 있다가 그를 죽입시다. 그는 분명히 그 지름길을 통해 갈 것이오." 모두가 이 계획에 찬성했다. 황제는 예정대로 길을 떠날 준비를 했다. 그리고 길을 가다가 그는 교차로에 도착했고 대로보다 훨씬 길이 짧은 지름길을 보자 그의 수행 기사들이 말했다. "황제폐하, 대로로 가는 것보다 이 길로 가시는 것이 훨씬 낫습니다. 이 길은 아주 짧은 지름길입니다." 황제는 이것에 대하여 곰곰이 생각했다. "두 번째 경구는 말하기를 절대로 대로를 버리고 지름길을 택하지 말라고 했다. 나는 경구의 가르침을 따라야겠다." 그리하여 그는 기사들에게 몸을 돌리고 말하였다. "나는 대로로 가겠다. 하지만 너희들은 원한다면 지름길로 가서 내가 도착할 것을 미리 알리도록 하여라."

이에 많은 기사들이 지름길로 들어섰다. 그리고 지름길에 매복해 있던 사람들은 왕이 그 무리와 함께 온 줄 알고 그들을 덮쳐서 많은 사람을 죽였다. 왕이 이 소식을 들었을 때 그는 속으로 생각했다. "두 번째 경구도 내 목숨을 구했구나."

황제를 죽이려는 계획이 또 실패하자 음모자들은 다시 회의를 열어 황제가 곧 어떤 집에 머물 예정이라는 것을 알게 되었다. 그들은 말했다. "황제가 머물 곳이 그 집 말고는 딴 곳은 없으니 그 집의 주인과 아내를 매수해서 그가 잠에 들었을 때 그를 죽이게 합시다." 모두가 이 계획에 찬성했다. 그러나 황제가 도시에 도착해 음모자들이 예상한 그 집에 짐을 풀었을 때 그는 집주인을 그에게 데려오도록 했다. 집주인이 늙은 남자인 것을 보고 황제가 물었다. "자네는 부인이 없는가?" "있습니다." "그녀를 데려오거라." 집주인의 아내가 들어왔고 그녀가 열여덟 살도 안 된 젊은 여인인 것을 보고는 황제가 수행원에게 서둘러 말했다. "가서 다른 집을 찾아보아라. 나는 이 집에서 묵고 싶지 않다." "황제폐하," 수행원이 대답했다.

"그렇게 하셔도 좋습니다만, 이들은 이미 폐하를 위하여 모든 것을 준비해놓았습니다. 여기에 묵으시는 게 더 낫지 않겠습니까? 이 도시에서 이 집보다 더 편한 집은 없을 것입니다." 그러나 황제는 "나는 다른 집에서 잠을 잘 것이다." 그리하여 황제는 병사들에게 "만약 너희가 원한다면 너희는 이 집에서 자도 좋다. 내일 아침에 나에게로 오라."라고 말하며 비밀리에 다른 집으로 갔다. 병사들이 잠을 자고 있을 때 그 늙은 남자와 젊은 여자가 와서 황제를 발견하지 못하자 병사들을 모두 죽여버렸다. 아침에 병사들이 죽은 것을 알게 된 황제는 그를 구해주신 하느님께 감사를 드렸다. "오, 만약 내가 여기 머물렀으면 나는 죽었을 것이다. 그러므로 세 번째 경구도 나를 살렸다." 늙은 집주인과 그의 아내는 그들의 가족 모두와 함께 십자가형에 처해졌다. 황제는 죽을 때까지 이 세 경구가 주는 경고를 잘 따랐고 평화롭게 살다가 죽었다.

❧ ————————

친애하는 이여, 황제는 선한 기독교인을 상징하며 문지기는 자유 의지를 상징한다. 상인은 주 그리스도 예수를 상징한다. 금화 천 냥은 미덕을 의미하며 그것을 대가로 받은 세 개의 경구는 하느님의 은총이다. 대로는 십계명을 의미하며 지름길은 옳지 못한 삶을 의미한다. 그 길에 숨어 있던 자객들은 이교도들을 의미한다. 늙은 집주인은 이 세상을 상징하고 그의 아내는 허영을 상징한다. 왕을 살해하고자 한 음모자들은 악마를 상징한다.

은혜를 잊지 않기

❧

옛날에 한 기사가 있었는데, 그는 사냥을 매우 좋아하
였다. 어느 날 사냥을 하던 도중 그는 다리를 절뚝거리
는 한 사자와 만나게 되었는데, 그 사자는 기사에게 발
을 들어올려 보여주었다. 기사는 이에 말에서 내려 사자
의 발에 박혀 있던 날카로운 가시를 뽑아주고 상처에 연
고를 발라서 빨리 낫게 해주었다. 이 일이 있은 지 얼마
되지 않아서 그 나라의 왕이 그 숲에서 사냥을 하게 되
었고, 바로 그 사자를 잡아서 몇 년간 가두어두었다. 한
편 사자를 구해주었던 기사가 왕의 노여움을 사게 되어
그가 사냥을 즐겨하던 그 숲으로 도망쳤다. 그곳에서 기
사는 약탈을 하기 시작했고 아주 많은 여행자들의 물건
을 빼앗고 가두기까지 하였다. 이에 왕의 인내는 한계에
달했고, 그는 군대를 보내어 기사를 잡았다. 왕은 기사를

맹수가 잡아먹도록 하라고 선고했다. 그리하여 맹수 구덩이에 빠진 기사는 매 순간을 맹수에게 잡아먹히는 공포에 떨고 있었다. 하지만 구덩이에 나타난 사자는 기사를 찬찬히 살펴보더니 그를 알아보고는 꼬리를 쳤다. 그리고 그를 잡아먹지 않고 함께 굶주리며 칠 일을 그와 함께 구덩이에 있었다. 이 사실이 왕에게 알려지자 왕은 매우 놀라 기사를 데려오도록 시켰다. 왕이 기사에게 물었다. "도대체 어떤 연유로 너는 사자를 길들일 수 있었는가?" 이에 기사가, "저는 예전에 숲을 지나가다 다리를 저는 사자 한 마리를 만났습니다. 저는 사자의 발에서 가시를 뽑아주었고 상처에 약을 발라주었습니다. 아마도 구덩이에 있는 사자가 그 사자이어서 제 목숨을 살려준 것 같습니다." 라고 대답하였다. 왕이 말하였다. "사자가 너를 구해주었으니 이번만큼은 너의 목숨을 살려주겠다. 앞으로는 나쁜 짓을 하지 말거라." 기사는 왕에게 감사를 표하고 그 이후에는 죄를 짓지 않았다. 기사는 행복하게 노년에 이르러 평화롭게 살다가 죽었다.

친애하는 이여, 기사는 이 세상을 의미하며 사자는 인간을 상징한다. 사자의 발에 박혀 있던 가시는 원죄를 의미하는데 이것이 뽑히는 것은 세례를 통하여 이루어진 것이다. 구덩이는 참회를 상징하며 이를 통하여 영생이 주어진 것을 의미한다.

악마의 속임수

✤

예전에 세 친구가 있었는데 그들은 함께 순례를 가기로 결정하였다. 그런데 그들이 가지고 간 식량이 동이 나 빵 한 조각만 남게 되었고, 그들은 거의 굶주려 죽을 지경이 되었다. 세 친구는 의논하기를, "만약 우리가 이 빵을 나누어 먹는다면 누구에게도 충분한 양이 되지 못할 거야. 그러니 이 빵을 어떻게 할지 의논해보자." 그러자 그들 중 한 명이 말했다. "우리가 잠에 들게 되면, 우리 중 제일 훌륭한 꿈을 꾼 사람이 이 빵을 먹도록 하자." 나머지 두 친구도 이에 동의하였고, 그들은 잠자리에 누웠다.

그런데 맨 처음 제안한 친구가 친구들이 자는 동안에 일어나 그 빵을 부스러기 하나도 남기지 않고 다 먹어치웠다. 빵을 다 먹고 나서 그는 친구들을 깨웠다. "빨리 일어나서 무슨 꿈을 꾸었는지 얘기해보자." 첫 번째 친구가 말했다. "나는 아주 놀라운 꿈을 꿨어. 금으로 된 사다리가 하늘로 뻗쳐 있었는데 그 사다리를 타고 천사들이 오르내리고 있었어. 그 천사들이 내 영혼을 데리고 하늘로 데려가 성스러운 삼위일체를 볼 수 있게 해주었지. 그곳에서 나는 그 누구도 보지도 듣지도 못한 크나큰 기쁨을 느꼈어. 이게 내가 꾼 꿈이야." 두 번째 친구가 말하였다. "나는 철로 된 도구를 가진 악마들을 보았는데 그 도구로 악마들이 내 영혼을 내 몸에서 떼내어 데려가서는 활활 타는 지옥불에 던지고 나를 아주 심하게 고문했어. 그 악마들은 '하느님이 하늘에서 이 세상을 지배하시는 동안 이게 네가 마땅히 받을 몫이다'라고 말했어."

빵을 먹어치운 세 번째 친구가 말했다. "그럼 내 꿈 이야기를 들어봐. 내 꿈에서 천사가 나타나 나한테 이렇게 말했어. '친구여, 너는 네 친구들이 어떻게 되었는지를 보고 싶은가?' 나는 대답하기를 '네, 그렇습니다. 저희는 빵이 한 조각 남았는데, 제 친구들이 그 빵을 가지고 도망갔을까 두렵습니다.' 천사가 대답했지. '너는 틀렸다. 빵은 여기에 있다. 나를 따라오거라.' 그는 나를 천국의 문으로 데리고 갔고 나에게 문 안을 들여다보라고 했어. 그리고 나는 너를 보았어. 그래서 나는 네가 하늘로 가서 황금의 옥좌에 앉아 있고 맛있는 와인과 고기가 네 옆에 있다고 생각했지. 그러자 천사가 말했어. '보아라, 네 친구는 아주 좋은 것들을 많이 가지고 있고 기쁨 속에서 살고 있다. 그는 계속 이곳에 머물 것이다. 왜냐하면 그는 하늘로 승천하였고 돌아올 수 없기 때문이다. 이제 너의 다른 친구가 어디에 있는지 보러 가자.' 나는 그를 따라서 지옥의 문 앞으로 갔는데, 거기에서 네가 방금 말한 것처럼 네가 고문을 당하고 있는 것을 보았어. 하지만 지옥에서도 그들은 너에게 충분한 와인과 빵을 주었지. 나는 너를 보고 아주 슬퍼했는데, 네가 나에게 말했어. '하느님께서 하늘에서 이 세상을 지배하시는 동안 나는 여기에 머물러야 해. 왜냐하면 나는 나쁜 짓을 많이 했기 때문이야. 그러니 어서 잠에서 깨서 그 빵을 먹어. 너는 나도 다른 친구도 앞으로는 보지 못할 거야.' 나는 네가 시키는 대로 일어나서 빵을 먹었지."

친애하는 이여, 세 친구는 각각 사라센과 유대인들, 부유하고 권력 있는 자들, 완전한 인간을 상징한다. 빵 한 조각은 하느님의 나라를 의미한다.

지옥에 이르는 탐욕

⚜

바다 근처의 한 도시에 목수가 살았는데, 그는 매우 욕심이 많고 아주 사악한 사람이었다. 그는 돈을 엄청나게 모아서 나무의 몸통 줄기에 넣고 그 나무를 집의 난로 옆에 세워둔 다음 한시도 눈을 떼지 않았다. 이런 장소는 아무도 의심하지 않을 것이라고 생각했던 것이다. 그런데 어느 날 온 가족이 잠자고 있던 동안 파도가 해안 안쪽으로 밀려 들어와 그 나무가 있는 쪽의 벽을 부수고 나무를 실어가버렸다. 나무는 수 마일을 떠내려가다가 마침내 어느 도시에 도착했는데, 그 도시에는 사람들을 위하여 집을 개방해놓는 한 사람이 살고 있었다. 아침 일찍 일어난 그는 물에 나무둥치가 있는 것을 보고 쓸데가 있겠다 싶은 마음에 그것을 집으로 가지고 왔다. 그는 가난한 사람들을 기꺼이 돕는 인심 좋고 따뜻한 마음을 가진 사람이었다. 어느 날 그는 그의 집에서 순례자들을 접대하게 되었다. 그날은 날씨가 몹시 추웠고, 그는 땔감으로 사용하려고 주워온 나무를 잘랐다. 그가 도끼로 나무를 두세 대 내려쳤을 때 안에서 덜커덩 하는 소리를 들었다. 이에 나무를 두 동강으로 자르자 안에 있던 금화들이 우르르 쏟아졌다. 그는 금화를 발견한 것에 기뻐하며 돈의 주인을 찾을 때까지 안전한 곳에 보관하기로 하였다.

한편 목수는 돈을 잃어버린 것을 몹시 한탄하며 돈을 찾아 여기저기 돌아다녔다. 그는 우연히 그 나무둥치를 발견한 마음씨 좋은 사람의 집에 오게 되었다. 목수는 그가 왜 여행을 하며 돌아다니는지를 집주인에게 말했고, 그 주인은 그가 발견한 돈이 목수의 것이라는 사실을 알게 되자 과연 그가 그 돈을 가질 만한 사람인가 의심하게 되었다. 이에 집주인은 "만약 하느님께서 원하신다면 그 돈은 그에게 다시 돌아갈 것이다."라고 생각했다. 이런 생각에 그는 세 개의 케이크를 만들어서 첫 번째 케이크에는 흙을 집어넣고, 두 번째에는 죽은 자의 뼈를 집어넣고, 세 번째 케이크에는 그가 나무 안에서 발견한 금화를 몇 개 집어넣었다. 그는 목수에게 말하였다. "손님, 우리 집에서 제일 좋은 고기를 넣어서 만든 케이크 세 개를 먹읍시다. 당신이 먹고 싶은 것을 고르시오." 목수는 집주인이 시키는 대로 했다. 그는 케이크를 쥐고 하나씩 손으로 무게를 쟀다. 그리고 흙이 들어간 케이크가 제일 무겁게 느껴지자 그것을 골랐다. 그리고 덧붙여 말하기를, "만약 내가 하나 더 먹을 수 있다면, 친절하신 주인이시여, 나는 이것을 먹을 것입니다."라고 하며 뼈가 들어 있는 케이크에 손을 올려놓았다. "당신은 세 번째 케이크를 드시지요." "확실히," 집주인이 중얼거렸다. "확실히, 하느님은 그 돈이 이 사악한 사람에게로 되돌아가는 것을 바라시지 않는다." 그리하여 그는 가난한 사람과 병든 사람, 눈먼 사람과 절름발이 등을 불러 목수 앞에서 금이 들어 있는 케이크를 쪼개 열었다. 그리고 목수에게 말하였다. "이 불쌍한 인간아, 이것이 너의 금이다. 그러나 너는 흙과 죽은 이의 뼈가 든 케이크를 골랐다. 그래서 나는 하느님께서 내가 너에게 너의 돈을 돌려주는 것을 원하지 않으심을 알았다." 그는 지체 없이 금화를 모두 가난한 이들에게 나누어주었고 목수를 쫓아버렸다.

✤ —————————

친애하는 이여, 목수는 세속적인 마음을 가진 사람을 의미하고,
나무는 세속적 풍요로움으로 가득 찬 인간의 마음을 의미한다.
집주인은 현명한 고해신부이다. 세 개의 케이크는 이 세상을 의
미한다. 죽은 자의 뼈가 들어 있는 케이크는 인간의 육신을 상
징하며 금으로 가득 찬 케이크는 하느님의 왕국을 상징한다.

플라키두스의 신심

❧

트라야누스(Trajanus) 황제의 통치시절에 플라키두스
(Placidus)라는 이름의 기사가 살고 있었는데, 그는 황제
군대의 최고사령관이었다. 그는 매우 자비로운 사람이었
으나 우상을 섬기는 사람이었다. 그의 아내 역시 우상을
섬겼다. 그들에게는 아주 훌륭하게 자란 두 아들이 있었
고, 그들이 가진 선한 마음씨 덕분에 은혜를 입어 그들은
하느님의 진리를 알 수 있게 되었다. 어느 날 사냥을 하
던 도중에 플라키두스는 사슴 무리 중에서 크기나 외모
에 있어서 다른 사슴보다 출중한 한 마리의 사슴을 발견
하였다. 그 사슴은 무리에서 벗어나 빽빽한 수풀 사이로
들어갔다. 다른 사냥꾼들이 나머지 사슴들을 뒤쫓는 동
안 플라키두스는 재빨리 이 사슴의 흔적을 쫓아갔다. 그
사슴은 높은 낭떠러지에 올라갔고 플라키두스는 그 뒤

를 바짝 쫓으며 어떻게 하면 그 사슴을 잡을 수 있을까 생각하였다. 그런데 그가 사슴을 눈여겨보고 있는 동안 그 사슴의 뿔 가운데에 십자가 형상이 나타났는데 그것은 한낮의 빛보다도 더 밝게 빛났다. 이 십자가에 예수님의 모습이 나타났고, 사슴이 그에게 말하였다. "플라키두스여, 너는 왜 나를 박해하는가? 나는 너를 위하여 이 동물의 형상을 취하였다. 나는 네가 제대로 알지 못하고 숭배했던 예수다. 너의 보시는 나보다 먼저 앞서서 하늘로 올라갔고 그리하여 내가 너에게로 왔도다. 하지만 네가 이 사슴을 쫓았으니 이제는 내가 너를 쫓아가겠다."

어떤 이들은 사슴의 뿔 사이에 걸린 이 형상이 진실로 이러한 말을 하였다고 단언하였다. 사실이 어찌되었던 플라키두스는 겁에 질려 말에서 떨어졌다. 그리고 약 한 시간이 지났을 때 그는 정신을 차리고 땅에서 일어나 "내가 당신을 믿을 수 있게 말하여 보십시오!"라고 말했다. 이에 그 형상은, "오 플라키두스여, 나는 예수이다! 나는 하늘과 땅을 창조하였고 나는 빛이 일어나게 하였으며 그것을 어두움으로부터 분리하였다. 나는 날과, 계절과 해

(year)를 나누었노라. 나는 흙으로 인간을 만들었으며 나는 인간의 구원을 위하여 사람의 몸을 취하였노라. 나는 십자가형을 당하였고 땅에 묻혔다. 그리고 세 번째 날에 나는 부활하였다.”라고 말하였다. 플라키두스가 이 장엄한 진실을 이해하였을 때, 그는 다시 땅에 쓰러져 외쳤다. “오, 주여, 저는 당신이 이 모든 것을 행하였다는 것을 믿나이다. 그리고 탕자를 다시 불러들인 것이 바로 당신이라는 것을 믿나이다.” 주님이 답하셨다. “만약 네가 그것을 믿는다면 도시로 돌아가 세례를 받아라.” “제가 저에게 일어난 일을 제 아내와 아이들에게 말하면 그들이 믿을까요?” “그렇게 하거라. 그들에게 그들 역시 죄로부터 사함을 받아야 한다고 말하여라. 그리고 내일 이곳으로 다시 오거라. 그러면 내가 다시 나타나 너의 미래를 보여주겠다.” 그리하여 플라키두스는 집으로 돌아가 그의 아내에게 모든 일을 이야기하였다. 그런데 사실 그녀 역시 하느님의 계시를 받았었다. 그리하여 그들은 아이들과 함께 예수님을 믿게 되었다. 그리고 그들은 함께 로마로 가서 환대를 받고 큰 기쁨 속에 세례를 받았다. 플라키두스는 에우스타키우스(Eustacius)라 불리게 되었고

그의 아내는 테오스비타(Theosbyta)라 불리게 되었다. 그의 두 아들은 각각 테오스비투스(Theosbytus)와 아가페투스(Agapetus)라 불리게 되었다.

아침이 되자 에우스타키우스는 언제나 그러하였듯이 사냥을 하러 갔고 그의 시종들과 함께 그 장소에 이르자 마치 사냥감을 발견하려 하는 듯이 하면서 시종들을 멀리 가도록 시켰다. 곧 어제 나타났던 모습이 나타나자 그는 몸을 엎드리고 말하기를, "오 주님, 간청하옵니다, 어제 당신이 말씀하신 것처럼 저에게 당신의 모습을 보여주십시오." "축복받을지어다, 에우스타키우스여. 너는 실로 나의 세례의 그릇을 받았으며 그로 인하여 사탄을 물리쳤기 때문이다. 너는 너를 속여 온 사탄을 짓밟았다. 이제는 너의 믿음이 충만할 것이며 그러므로 앞으로는 네가 버린 사탄이 온갖 술수를 써서 날뛸 것이다. 너는 네가 승리의 화환을 쓰기까지 많은 고난을 겪게 될 것이다. 너는 이 세상의 위엄 있는 허영과 영적인 불관용 때문에 많은 고난을 겪게 될 것이다. 그러나 좌절하지 말거라. 그리고 네가 이전에 누렸던 것들을 뒤돌아보지도 말거라. 너는 또 하나의 욥(Job)이 되어야만 한다. 그러나 너의 밑도 없는 굴욕으로부터 나는 너를 이 세상의 영광 중 최고의 위치로 올릴 것이다. 그러므로 네가 죽음 후에 오는 최후의 심판보다 이 삶의 고난을 선택할지 생각해보아라." 에우스타키우스가 대답했다. "주여, 만약 제가 고난을 겪어야만 한다면 즉시 그렇게 되도록 하여주십시오. 그러나 항상 저를 보아주시고 제가 견뎌낼 수 있는 힘을 제게 주십시오." "보거라, 에우스타키우스여, 나의 은혜가 너희들의 영혼을 도울 것이다." 이렇게 말하고 예수님은 하늘로 올라갔다. 에우스타키우스는 집에 돌아와 아내에게 앞으로 어떤 일이 일어날 것인지 얘기해 주었다.

며칠이 지나지 않아 전염병이 돌아 에우스타키우스의 시종들이 모두 죽었고 머지않아 양들과 말과 소들도 죽었다. 강도들이 노략질을 시작했고 모든 귀중품들을 약탈해 갔다. 에우스타키우스는 그의 아내와 아들들과 함께 맨몸으로 도망쳤다. 이리하여 그들은 완전히 빈털터리가 되었다. 왕과 원로원은 그들의 장군이 겪은 일에 몹시 상심하여 그를 찾았으나 어디에서도 그의 흔적을 발견할 수 없었다. 한편 에우스타키우스의 가족은 바다를 향해 가다 곧 출항할 배를 한 척 발견하고는 그 배에 탔다. 이 배의 선장은 에우스타키우스의 아내가 매우 아름다운 것을 보고 그녀를 차지하기로 마음먹었다. 그들이 바다를 건너 육지에 도착했을 때, 선장은 그들에게 높은 뱃삯을 요구했다. 그의 예상대로 그들에게는 그만큼의 돈이 없었다. 에우스타키우스가 격렬히 저항하였지만 선장은 그의 아내를 잡고 선원들에게 이 불운한 남편을 바다로 빠뜨리라고 명령했다. 그의 저항이 아무 소용이 없음을 알게 되자 에우스타키우스는 두 아들을 데리고 매우 슬퍼하며 배를 떠났다. 그는 어머니를 잃어버린 그의 아들들 때문에 눈물을 흘리며 말하였다. "오, 우리는 불쌍한 너희의 어머니를 잃었다. 낯선 나라에서 이상한 주인을 만난 그녀는 자신의 운명을 한탄하고 있을 것이다."

그들은 여행을 계속했고 어떤 강에 도착했다. 강의 물살은 너무 세서 한 번에 아이 둘을 데리고 강을 건너는 것은 매우 위험해 보였다. 그래서 에우스타키우스는 한 명을 강둑에 조심스레 앉혀놓고 다른 한 명을 데리고 강을 건넜다. 그 아들을 강둑에 내려놓은 다음에 그는 나머지 한 명을 데리러 즉시 돌아왔다. 그런데 그가 강의 중간에서 우연히 뒤를 돌아보았을 때 늑대가 아이를 낚아채서 숲으로 도망쳐 들어가는 것을 보았다. 이것을 보고 정신이 거의 나간 그는 아들을 구하려 돌아섰다. 그러나 바로 그때에 커다란 사자가 나타나 아직 강을 건너지 않고 강둑에 있던 아이를 잡아서 사라져버렸다. 그는 강의 중간에 있었기 때문에 그 사자를 따라갈 수 없었다. 그가 처한 절망적인 상황에 모든 것을 포기한 에우스타키우스는 머리를 쥐어뜯으며 슬퍼하였고 강에 몸을 던져 죽으려고 하였으나 하느님의 섭리가 그를 구하였다. 그런데 사자가 아이를 입에 물고 가는 것을 보게 된 양치기들이 개들과 함께 그 사자를 쫓아 달려갔고 하느님의 은혜를 입어 그 아이는 다치지 않고 땅에 떨어졌다. 늑대가 잡아간 다른 아들은 농부들에 의하여 발견되었다. 농부들은 늑대를 쫓아가며 소리를 질러댔고 아이는 늑대의 입에서 떨어졌다. 이 양치기들과 농부들은 한 마을에 살았고 그들이 구한 아이들을 키웠다. 그러나 에우스타키우스는 이 사실을 전혀 몰랐고 가족을 잃어버린 고통이 너무 심한 나머지 불평을 참을 수가 없었다. 그는 "아, 나는 한때 울창한 나무처럼 잘 먹었었는데 이제는 바짝 말라가는구나. 한때 나는 군기와 무장한 병사들로 둘러싸여 있었는데 이제는 이 세상에서 혈혈단신이다. 나는 내 아이들과 내가 가진 모든 것을 잃었다. 주여, 저는 당신이 나의 고난이 욥이 겪었던 고난과 똑같을 것이라 말씀하신 것을 기억합니다. 그러나 제 고난은 그의 고난보다 더 심합니다. 왜냐하면 그는 비록 가난하기는 했지만 몸을 기댈 비천한 침대라도 있었기 때문입니다. 그러나 저에게는 아무것도 없습니다. 욥에게는 그를 불쌍히 여기는 친구들이 있었지만 저는 아이들을 잃어버렸을 뿐만 아니라 사나운 맹수들의 밥이 되도록 홀로 남겨졌습니다. 욥에게는 아내가 남아 있었지만 저는 아내를 강제로 빼앗겼습니다. 오 주님, 제발 제 고통을 줄여주시고, 제가 바보 같은 소리를 하고 당신께 맞서 일어서지 않도록 제 입에 갈기를 채워주십시오." 이렇게 말하고 그는 통곡하였다. 오랫동안 길을 간 후에 그는 어떤 마을에 들어가 그곳에서 어느 마을 사람의 시종으로 십오 년을 살았다.

그의 두 아들은 같은 마을에서 살았으나 그들이 형제라는 것을 몰랐다. 그의 아내는 정절을 지켰고 그녀가 두려워한 끔찍한 취급을 받지도 않았다. 그녀가 잡힌 후 얼마 지나지 않아 그 선장은 죽었다.

한편 로마 황제는 적에게 포위를 당하였는데 이런 상황에 처했을 때마다 플라키두스가 얼마나 용감히 싸웠는지를 기억하자 플라키두스의 불운에 대한 슬픔이 다시 살아났다. 그는 플라키두스와 그의 가족을 찾으라고 온 세상에 병사들을 보냈고 그들을 찾는 이에게 무한한 보상과 영광을 약속했다. 황제가 보낸 병사들 중에 플라키두스를 직접 모셨던 이들이 있었는데, 그들은 우연히 플라키두스가 살고 있는 마을로 오게 되었고, 플라키두스는 그들 중 한 명을 걷는 모습을 보고 자신의 병사라는 것을 알아차렸다. 그들을 보자 플라키두스는 그가 예전에 가졌던 부와 영예를 생각하게 되었고 그의 마음은 다시 괴로움에 가득 찼다. 그는 외쳤다. "오 주님, 제가 예상치 못하게 오늘날 이들을 다시 만나게 된 것처럼, 제가 사랑하는 아내도 다시 돌려주십시오. 아이들에 대하여는 부탁하지 않겠습니다. 왜냐하면 아이들이 맹수에게 잡아먹힌 것을 너무나 잘 알고 있기 때문입니다." 바로 그때 어떤 목소리가 속삭였다. "에우스타키우스여, 믿음을 가져라. 너는 곧 네가 잃어버린 영예를 되찾을 것이고 너의 아내와 아이들을 다시 보게 될 것이다." 병사들이 플라키두스를 만났을 때, 그들은 그가 누구인지 알아채지 못했다. 그리고 그에게 아내와 두 아들이 있는 플라키두스라는 이름의 사람을 아는지 물었다. 플라키두스는 모른다고 대답하고 그들에게 그의 집에서 쉬어가라고 요청했다. 그리하여 그는 그들을 집으로 데려와 그들에게 시중을 들게 되었다. 그러자 전에 그랬었던 것처럼 옛날 그가 누렸던 호화로운 생활을 생각하게 된 플라키투스는 눈물을 주체할 수가 없었다. 그래서 그는 밖으로 나가서 얼굴을 씻고 들어와서는 다시 그들의 시중을 들었다. 한편 병사들은 서로 말을 나누었는데, "이 집주인이 우리가 찾고 있는 분과 굉장히 닮지 않았는가?" "정말 그래. 자네 말을 잘했네. 집주인의 이마에 장군님이 예전에 전투 중에 얻은 칼자국이 있는지 한번 살펴보세." 그들은 플라키두스의 이마를 살펴보았고, 그의 이마에 비슷한 상처

가 있는 것을 보고는 기뻐하며 자리에서 일어나 그를 껴
안고 그의 아내와 아들들의 안부를 물었다. 플라키두스
는 그들에게 그가 그간 겪은 일을 이야기해주었다. 이때
이웃들이 그의 집에 들어왔고 그가 장군이었을 때 이룬
업적들과 그가 이전에 누렸던 부귀영화에 대하여 병사들
이 해준 말을 듣고 매우 놀라워했다. 병사들은 황제의 명
령대로 그에게 화려한 복장을 입게 하고 길을 떠나 열닷
새 만에 황제의 궁정에 도착했다. 그가 온다는 소식을 들
은 황제는 그를 마중하러 나가 매우 기뻐하며 그를 반겼
다. 에우스타키우스는 궁정에 모인 모든 사람들에게 그
가 겪은 일을 이야기했다. 그는 다시 군대의 지휘를 맡
았고 그가 로마를 떠나기 전에 맡았던 모든 지위를 다시
다 회복했다.

그리하여 이제 그는 기력을 회복하고 적과의 전쟁을 치
를 준비를 하기 시작했다. 그는 전국에서 청년들을 소집
하였는데, 그의 아들들이 자란 마을에서는 두 명의 청년
을 보내도록 명령이 떨어졌다. 이 마을 주민들은 그의 아
들 두 명이 제일 뛰어나고 용감한 청년이라 여겨 이 둘을

군대로 보내기로 결정하였다. 이들은 장군을 만나게 되었고 낮은 지위에 비해 그들이 보여주는 우아한 몸가짐과 바른 행실을 본 장군은 그들을 높이 평가하였다. 그는 그들을 군단의 선두에 서게 하고 적을 향하여 행진을 시작했다. 그런데 그가 그의 진영을 세운 곳은 그의 아내의 집 근처였고, 신기하게도 그의 두 아들은 어머니의 집에서 묵도록 배정되었으나 자신의 어머니를 알아보지 못했다. 어느 날 정오 무렵, 두 청년은 앉아서 각자 자신이 어렸을 때에 겪었던 일에 대해 이야기를 나누게 되었다. 그들의 어머니는 그때 그리 멀지 않은 곳에 있었고 그들이 나누는 대화를 우연히 듣게 되었다. 그 두 형제 중 형인 아들이 말했다. "나는 내가 어렸을 때에 대한 기억이 별로 없어. 단지 내가 존경했던 아버지가 군대를 이끄는 장군이셨고 어머니는 아주 아름다운 분이셨고 나에게 동생이 하나 있었다는 것 말고는. 우리는 부모님과 함께 어느 밤에 길을 떠났는데 곧 출항할 배를 타게 되었지. 어디로 가는 배였는지는 모르겠어. 무슨 이유였는지는 모르겠지만 어머니는 배에 남으셨어. 아버지는 나와 동생을 안고 가셨는데 나를 강둑에 내려놓으시고 동생을 데리고 강을 건너 가셨지. 그런데 아버지가 동생을 내려놓으시고 나에게로 돌아오시던 중에 갑자기 수풀에서 늑대가 나타나서 동생을 데리고 가버렸어. 아버지가 동생을 구하려고 다시 돌아가시던 와중에 커다란 사자가 나타나서 나를 인근의 숲으로 데리고 갔어. 다행히 양치기들이 나를 구해서 데려다 키웠지." 그러자 동생이 울음을 터트리며 외쳤다. "이제야 형을 만났네. 왜냐하면 나를 키워준 분들이 종종 말씀하기를 나를 늑대에게서 구했다고 하셨거든." 형제는 기뻐하며 서로를 부둥켜안았고 그들의 이야기를 듣고 있던 어머니는 그들이 자신의 아들들이라는 확신을 가지게 되었다. 하지만 그녀는 아무 말도 하지 않았고, 그 다음 날 장군에게로 가서 그녀가 고향으로 돌아갈 수 있게 허락해달라고 간청하였다. "저는 로마 여자이고 이 지역에서는 이방인입니다." 이 말을 하면서 장군을 근심스레 쳐다보았고 그가 자신의 남편이라는 것을 알게 되었다. 그녀는 그의 발에 엎드려 말하였다. "장군님, 제발 저에게 장군님의 과거에 대하여 말씀해주세요. 제가 틀리지 않는다면 장군님은 용병술에 뛰어나신 플라키두스이시며 우리의 구세주가 개종시키시고 고난으로 시험하신 후로는 에우스타키우스라는 이름으로 알려진 분이십니다. 저는 그분의 아내이고 바다에서 사악한 자를 만났으나 그는 저에게 아무 나쁜 짓도 하지 않았습니다. 저에게는 두 아들이 있는데, 이름이 아가페투스와 테오스비투스입니다."

이 말을 듣자 에우스타키우스는 정신이 번쩍 들었다. 시간과 고난이 그 둘 모두를 많이 변하게 하였으나 그럼에도 불구하고 두 사람은 이내 서로를 알아보고 행복에 가득 찼다. 그들은 서로 껴안고 눈물을 흘리며 모든 평안을 주시는 분인 하느님께 감사드렸다. 그리고 아내가 말했다. "여보, 우리 아이들은 어떻게 되었나요?" 이에 그가 대답했다. "오, 우리 아이들은 산짐승들이 낚아채 갔다오." 그리고 그는 그가 어떻게 두 아들을 잃었는지를 말해주었다. 그러자 아내가 대답했다. "오, 하느님께 감사드리세요. 하느님의 뜻이 우리를 다시 만나게 하셨듯이 우리에게 아이들을 다시 돌려주실 거예요." 그가 대답하기를, "우리 아이들이 산짐승들에게 잡혀갔다고 하지 않았소?" "네, 맞아요. 하지만 어제 제가 정원에 앉아 있을 때 두 청년이 어린 시절 이야기를 하는 것을 들었는데, 그 청년들이 우리 아이들인 게 확실해요. 그들에게 직접 물어보세요, 그러면 그 아이들이 당신에게 말해줄 거예요." 이에 즉시 전령을 보내어 두 아들을 데려오도록 하였고 그들에게 몇 가지를 물어본 후에 에우스타키우스는 그들이 자신의 아들이라는 것을 확신하게 되었다. 그들은 서로 부둥켜안고 소리 내어 울었다. 이것은 아주 크나큰 경사였고 군대 전체가 장군의 기쁨을 같이했다. 그리고 그들의 적을 아주 크게 무찔렀다. 하지만 그들이 전쟁을 마치고 돌아오기 전에 트라야누스 황제가 죽고 그의 뒤를 이어 트라야누스 황제보다 심성이 나쁜 하드리아누스 황제가 즉위하였다. 하지만 하드리아누스 황제는 승리한 장군과 그의 가족을 환대하였고, 그들을 성대히 대접하는 연회를 벌였다. 하지만 황제는 그 다음 날 그가 숭배하는 신의 신전으로 가서 승리에 대한 감사로 제사를 올릴 예정이었으며 그의 손님인 플라키두스가 그와 함께 그 제사에 참석하기를 원했다. 이에 에우스타키우스가 대답하기를 "황제이시여, 저는 기독교의 신을 믿습니다. 저는 오직 그에게만 예배를 드리며 오직 그분

께만 희생양을 바치는 제사를 드리옵니다."

예상치 못한 대답에 분노한 황제는 로마를 적으로부터 구한 그와 그의 가족을 경기장으로 몰아넣고 그곳에 사나운 사자를 풀었다. 하지만 사자는 놀랍게도 그들에게 마치 경의를 표하듯이 머리를 숙였다. 이것을 본 은혜를 모르는 황제는 놋쇠로 황소를 만들어 뜨겁게 달구도록 명령했다. 이 뜨거운 황소 안에 플라키두스와 그의 가족들을 집어넣었으나 그들은 하느님께 기도를 하며 자비를 구하였다. 사흘 후 황소 안에서 꺼내어 황제 앞에 놓여진 그들의 시신은 마치 그들이 침대에서 자다가 죽은 것처럼 평안해 보였다. 그들의 머리카락 하나도 불에 그슬리지 않았으며 그들이 고통스럽게 죽은 어떤 흔적도 보이지 않았다. 기독교인들은 그들의 시신을 성스럽게 매장하였고 그들의 무덤 위에 작은 예배당을 세웠다. 그들은 하드리아누스 황제가 즉위한 첫 번째 해인 기원후 120년의 11월에 죽었는데, 어떤 이들은 그들이 10월 12일에 죽었다고도 전한다.

친애하는 이여, 황제는 예수님을 상징하고 플라키두스는 세속적인 인간을 상징한다. 사슴들은 인간의 감각들을 상징한다. 몸집이 크고 아름다운 사슴은 사람의 이성을 상징하는데, 그것이 절벽을 따라 올라가는 것은 정의, 즉 올바름을 의미한다. 사슴의 뿔들은 오래된 법과 새로운 법을 의미한다. 플라키두스의 아내는 영혼을, 아들들은 의지를 그리고 인간이 행하는 바를 상징한다. 배의 선장은 인간의 영혼이 죄를 범하는 것으로부터 막는 장로를 상징하며 그의 배는 교회를 상징한다. 강은 이 속세를 상징하며 사자는 악마를, 늑대는 육신을 의미한다. 양치기들은 고해신부들이며 농부들은 설교자들이다. 플라키두스를 찾으러 보낸 전령들은 교회의 원로와 예언자들을 상징한다.

배은망덕

✤

어떤 왕이 치세하던 한 시절에 오만하고 포악한 귀족이 살고 있었다. 왕의 궁전 근처에 숲이 하나 있었는데, 그 숲에는 많은 동물들이 살고 있었다. 이 포악한 귀족은 그 숲에 구덩이들을 파고 나뭇잎으로 그 위를 덮어 동물들을 잡으려고 하였다. 어느 날 그 귀족 자신이 그 숲에 들어가게 되었고 그는 우쭐해하며 속으로 말하였다. "이 나라에 나보다 더 강력한 힘을 가진 자가 누가 있겠는가?" 이 오만방자한 생각을 하자마자 그는 그가 명령해서 파놓은 구덩이에 빠져서 사람들의 눈에 보이지 않게 되었다. 바로 그날 그 구덩이에 사자, 원숭이, 뱀이 떨어지게 되었다. 겁에 질린 귀족은 크게 소리를 질러댔다. 그가 외치는 소리는 귀도(Guido)라는 이름의 한 가난한 사람의 귀에 들리게 되었는데, 귀도는 노새를 데리고 숲에 나무를 하러 왔던 참이었다. 귀도는 나무를 팔아 하루 먹을 것을 마련하는 가난한 사람이었다. 구덩이로 달려온 귀도에게 귀족은 자신을 구해주면 엄청난 재물로 고마움에 보답하겠다고 약속했다. 귀도가 대답했다. "친구여, 나는 나뭇가지를 모아 팔아서 하루 먹을거리를 해결하는 가난한 사람이라오. 만일 내가 일을 게을리하면 나는 먹을 것이 없어서 굶게 된다오." 귀족은 다시 그에게 막대한 재물로 보답하겠다고 약속했다.

이에 귀도는 도시로 가서 긴 밧줄을 구해 돌아왔다. 그는 밧줄을 구덩이로 내려 귀족에게 밧줄을 몸에 묶으라고 시켰다. 그러나 귀족이 밧줄을 몸에 묶기 전에 사자가 밧줄을 타고는 뛰어 올라왔다. 사자는 기뻐하며 숲으로 달려가버렸다. 귀도는 다시 밧줄을 내렸는데, 사자가 밧줄을 타고 올라간 것을 본 원숭이가 귀족의 머리 위로 올라가 밧줄을 잡고는 구덩이 밖으로 올라왔다. 귀도에게 감사하다는 인사도 하지 않고 원숭이는 자신의 집으로 서둘러 갔다. 세 번째 내려간 밧줄에 뱀이 몸을 감고는 위로 올라와서 도망갔다. 귀족이 말했다. "오 친구여,

짐승들이 다 갔으니 이제는 나를 빨리 올려주시오. 부탁하오." 귀도는 밧줄을 다시 내려 귀족을 구했고 그 다음에는 그의 말도 구해주었다. 귀족은 그의 말을 재빨리 타고 자신의 집으로 돌아가 버렸다.

귀도가 집에 돌아오자 그가 나무를 해오지 않은 것을 보고 그의 아내가 매우 낙심하여 그 이유를 물었다. 그는 아내에게 무슨 일이 일어났었는지를 얘기하고 그가 대가로 많은 돈을 받게 될 것이라고 말해주었다. 이에 그의 아내의 안색이 밝아졌고 다음 날 아침 일찍 그녀는 남편을 그 귀족의 집으로 보냈다. 하지만 그 귀족은 귀도를 모르는 체하고 그가 거짓말을 한다며 매질을 하라고 하인에게 시켰다. 귀족의 문지기는 명령대로 했고, 귀도를 거의 죽을 지경에 이르도록 심하게 매질하여 내다버렸다. 이 사실을 알게 된 귀도의 아내는 노새를 데리고 가 남편을 집으로 데려왔다. 귀도가 아파서 일을 못하게 되자 그들의 살림은 더 궁핍해졌다. 하지만 귀도는 몸을 회복하자마자 다시 숲으로 돌아가 나뭇가지를 주워다 파는 생활로 돌아갔다.

그런데 어느 날 그가 숲에서 나뭇가지를 줍고 있을 때 멀리서 짐을 가득 싣고 길을 따라오는 열 마리의 노새를 보았는데, 그 노새들의 맨 뒤에 사자 한 마리가 따라오고 있었다. 그 사자를 눈여겨보고 귀도는 그 사자가 자신이 구덩이에서 구해준 사자라는 것을 알게 되었다. 사자는 귀도에게 그 노새들을 데리고 집으로 가라고 발짓으로 알렸다. 귀도는 사자가 시킨 대로 노새를 몰고 집으로 향해 갔고 사자는 그 뒤를 따라왔다. 귀도가 집에 도착하자 사자가 꼬리를 치며 귀도에게 인사를 하고는 숲으로 달려 돌아갔다. 귀도는 마을의 여러 교회에 이 사실을 알려서 짐을 잃어버린 사람을 수소문했다. 하지만 아무도 나타나지 않자 귀도는 짐꾸러미들을 열었다. 그 안에는 돈이 가득 차 있었고, 이에 귀도는 아주 기뻐했다. 다음 날 귀도는 숲으로 나무하러 갔다가 나무를 쪼갤 도구를 집에 두고 왔다는 것을 알아차렸다. 그는 위를 올려다보았는데, 나무에서 그가 구해준 원숭이를 보았다. 그 원숭이는 이와 손을 써서 귀도 대신에 나무를 쪼개주었다. 귀도는 그 나뭇가지들을 모아 노새에 싣고 집으로 돌아왔다. 그 다음 날 그는 다시 숲으로 갔다. 그가 앉아서 도끼를 손질하고 있을 때 귀도는 그가 도와주었던 뱀이 입에 세 가지 색으로 된 보석을 물고 있는 것을 보았다. 그 보석은 하얀 빛과 검은 빛과 붉은 빛을 띠고 있었다. 뱀은 입을 열어 보석을 귀도의 무릎에 내려놓고는 가버렸다. 귀도는 보석을 솜씨 있는 보석장이에게 가지고 갔다. 보석을 살펴본 보석장이는 그 보석이 매우 귀한 것임을 알아보고는 귀도에게 금화 백 냥을 주겠다고 했다. 하지만 귀도는 그 제안을 거절하고 그 보석으로 거대한 재산을 모아 장군이 되었다.

이 보석이 가진 놀라운 힘을 듣게 된 황제는 보석을 보고 싶어 했다. 귀도는 황제의 명령에 응했는데, 보석의 경이로운 아름다움에 반한 황제는 그것을 가지고 싶어서 어떤 대가를 주고라도 얻고자 했다. 황제는 귀도에게 만약에 그 보석을 팔지 않으면 나라에서 추방시키겠다고 협박했다. 귀도가 대답했다. "황제이시여, 저는 이 보석을 팔겠습니다. 하지만 한 가지만 말씀드리겠습니다. 만약에 이 보석에 값하는 돈을 주지 않으시면 그 보석은 즉시 다시 제 것이 될 것입니다." 귀도는 금화 삼백 냥을 요구하였고, 보석을 작은 상자에서 꺼내어 황제에게 건네었다. 황제는 보석을 보고 아주 기뻐하며 물었다. "너는 도대체 이 아름다운 보석을 어디에서 얻었느냐?" 귀도는 귀족이 구덩이에 빠진 것부터 그의 은혜를 매질로 보답한 것과 그가 사자와 원숭이와 뱀으로부터 받은 보상에 대하여 황제에게 빠짐없이 이야기했다.

귀도의 이야기에 감동을 받은 황제는 귀족을 불러와 말했다. "이 도대체 무슨 이야기인가?" 귀족은 아무 말도 할 수 없었다. 이에 황제는 계속하여 말했다. "오 사악한 자여, 은혜를 모르는 배은망덕한 자여! 귀도는 너를 위험에서 구해줬는데, 너는 그를 거의 죽일 뻔하였다. 너는 심지어 동물들도 은혜를 갚는 것을 보았는가? 하지만 너는 선을 악으로 갚았다. 그러므로 나는 너의 지위를 박탈하고 그 지위를 귀도에게 부여할 것이다. 그리고 너는 십자가형을 당할 것이다." 황제의 명령은 온 나라의 사람들을 기쁘게 하였고, 귀도는 영예롭고 평화스럽게 살았다.

친애하는 이여, 황제는 하느님을 상징하며 가난한 자는 인간을 상징한다. 숲은 함정이 많은 이 세상을 상징한다. 사자는 인간의 모습을 취한 하느님의 아들을 상징하고 원숭이는 양심을, 뱀은 장로나 고해신부를 상징한다. 밧줄을 예수님의 수난을 상징하며 짐 실은 노새는 십계를 상징한다.

하느님의 정의

✤

한 난폭하고 잔인한 기사의 시종 중에 아주 신심이 깊은 하인이 한 명 있었다. 어느 날 그 기사가 이 하인과 함께 시장에 갔다가 관목이 우거진 수풀을 통과해 집으로 돌아왔다. 그런데 돌아오던 길에 은화 30개를 잃어버렸다. 그가 돈을 잃어버린 것을 알게 되자, 그는 그 하인을 불러 돈의 행방을 물었다. 하인은 그 돈에 대해 아는 바가 없다고 말하였고, 그것은 사실이었다. 그러나 돈을 찾을 수 없게 되자 기사는 하인의 발을 자르고 그를 그 수풀에 남겨둔 채 집으로 돌아왔다. 이때 하인의 신음소리를 들은 어떤 은자가 그를 도우려 달려갔다. 하인은 그에게 자초지종을 말하였고 자신은 죄가 없다고 고해성사하였다. 그가 죄가 없다는 것을 알게 된 은자는 그를 업어서 그의 집으로 데려갔다.

기도실에 들어간 은자는 무고한 사람이 발을 잃는 부당한 일을 당하게 했다고 하느님을 비난하였다. 오랫동안 그는 눈물을 흘리며 기도와 비난을 계속하였다. 마침내 하느님이 보내신 천사가 그에게 나타나 "너는 '하느님은 정의로운 판관이시며 강하고 인내심 있으시다'라는 시편을 읽어본 적이 없느냐?"라고 말하였다. 은자는 힘없이 대답하기를 "저는 그 구절을 자주 읽었고 진심으로 믿었습니다. 그러나 오늘 저는 잘못을 저질렀습니다. 발이 잘려나간 그 사람은, 아마도 고해성사라는 명목으로 저를 속였나 봅니다." 그러자 천사가 말하였다. "하느님께서 부당하시다고 비난하지 말라. 하느님께서 행하시는 바는 진리이며 그분의 판결은 정당하다. '하느님의 판결하시는 바의 의미는 알 수 없도다'라는 구절을 네가 얼마나 자주 읽었는지를 생각해보아라. 발을 잃은 그 자는 그가 전에 지은 죄 때문에 그렇게 된 것이다. 그는 그 발로 자신의 어머니를 부당하게 차곤 하였으며 그의 어머니를 전차에서 밀어 떨어뜨렸다. 그것 때문에 그는 영원한 벌을 받게 된 것이다. 그의 주인인 기사는 전쟁에 쓸 말을 사고 싶어 하였고 그것 때문에 그의 영혼이 파괴될 정도로 돈을 모으는 것에만 매달렸다. 이에 하느님의 정당하신 판결에 의해 그는 그가 말을 사려고 모은 돈을 잃었다. 들어보아라. 아내와 어린 자식들이 있는 어떤 가난한 자가 있는데 그는 매일 하느님께 기도하고 모든 종교 의식을 빠지지 않고 행하는 자이다. 그가 그 돈을 발견했는데, 만약 그렇지 않았다면 그는 굶어 죽었을 것이다. 그 돈으로 그는 자신과 가족을 위하여 음식을 사고 그 돈 중 일부는 그가 고해성사한 성직자에게 가난한 이들에게 나누어주라고 맡겼다. 그는 처음에는 그 돈의 주인이 누구인지를 찾으려고 애썼다. 하지만 주인을 찾을 수 없게 되자 그는 그 돈을 필요에 따라 쓴 것이다. 생각해보거라, 그리고 네가 지금 하듯이 온 사물을 공정히 다루시는 하느님을 더 이상 비난하지 말거라. 왜냐하면 하느님은 정의로우시며 강하고 인내심 있으시기 때문이다."

<hr />

친애하는 이여, 기사는 장로를 의미하며 하인의 발을 자르는 것은 교회에서 배반자를 몰아내는 것을 의미한다. 은자는 신

중한 고해신부이다. 천사는 순수한 양심이며, 가난한 자는 예수님이다.

진실된 우정

❧

어떤 왕에게 아들이 하나 있었는데, 그는 그 아들을 매우 사랑하였다. 이 젊은이는 여행을 매우 하고 싶어서 아버지의 허락을 얻어 여행을 떠났다. 왕자는 여행을 떠난 지칠 년 만에 돌아왔는데, 돌아온 그를 보고 아버지는 기뻐하며 그가 어떤 친구들을 사귀었는지를 물었다. 아들이 대답했다. "저는 세 명의 친구를 만났는데, 첫 번째 친구를 저는 저 자신보다도 더 사랑하고, 두 번째 친구는 제 자신만큼 사랑하며, 세 번째 친구는 저에게 아무것도 아닙니다." "좋다. 하지만 네가 그들에게 어떤 도움을 요청하기 전에 그들이 진실된 친구인지 아닌지를 알아보는 것이 좋을 것이다. 그러므로 돼지 한 마리를 죽여서 자루에 넣은 다음 밤이 되면 네가 가장 사랑하는 친구에게 가거라. 그에게 네가 사고로 사람을 죽였다고 하고 만약 그 시체가 발견되면 네가 십자가형을 당해 죽을 것이라고 말해라. 그리고 만약 그가 너를 사랑한다면 너를 도와달라고 부탁해보아라." 아들은 아버지의 말대로 했다. 그 친구는 대답했다. "네가 경솔하게 사람을 죽였으니 너는 십자가형을 받아야 한다. 하지만 네가 내 친구이니 네 시신을 감쌀 천을 주겠다."

이 이야기를 들은 젊은이는 분노하여 두 번째 친구에게로 가서 똑같은 이야기를 하였다. 그는 첫 번째 친구와 같은 대응을 보이며 이와 같이 말하였다. "너는 내가 그런 위험한 일을 할 정도로 미쳤다고 생각하는 거냐? 하지만 네가 내 친구이니 십자가까지는 너를 따라가면서 가는 길에 너에게 위로는 해주겠다." 이 제안은 왕자의 마음에 들지 않았다. 그리하여 그는 세 번째 친구에게로 가서 말했다. "아, 나는 내가 한 일을 차마 입에 담을 수가 없어. 나는 사고로 사람을 죽였어." 그러자 친구가 말했다. "친구여, 내가 기꺼이 내 목숨을 내놓고 너를 도와줄게. 그리고 만약에 네가 십자가형을 당할 처지가 된다면 내가 너를 대신에 형을 당하든지 아니면 너와 함께 형을 당할게." 따라서 이 친구가 왕자의 진실된 친구라는 것이 밝혀졌다.

�֍ ————————————

친애하는 이여, 왕은 하느님을 상징하고, 그의 아들은 기독교인을 상징한다. 첫 번째 친구는 이 세상을 상징한다. 만약 그가 당신이 필요로 할 때 두세 마의 천을 준다면 그것은 정말 많은 것을 준 것이다. 두 번째 친구는 당신의 아내와 아들과 딸들을 의미한다. 그들은 당신이 죽었을 때 무덤까지는 울면서 따라가지만 일단 당신을 매장하고 나면 곧 당신에 대하여 잊어버릴 것이다. 세 번째 친구는 예수님을 상징한다. 그분은 십자가에 매달려서도 우리를 사랑하시며 우리를 위하여 기꺼이 자신의 생명을 내어놓으시는 분이다.

부유함

✤

어느 왕이 칙령을 발표하기를 그에게 오는 자는 누구나 원하는 바를 얻을 것이라 하였다. 귀족과 부자들은 공작의 지위나 백작의 지위나 기사의 직위를 원하였고, 어떤 이들은 금은보화를 원하였다. 그리고 그들은 원하는 것은 무엇이든지 다 얻었다. 그 다음으로는 가난한 자와 순박한 자들이 와서 똑같은 것을 원했다. 왕이 말했다. "너희는 너무 늦게 왔다. 귀족과 부자들이 와서 내가 가지고 있는 것을 모두 다 가져가버렸다." 이 대답을 들은 가난한 사람들과 순박한 사람들은 매우 실망했다. 그들이 실망하는 것을 보고 왕이 말했다. "내가 비록 내가 가진 재산을 다 주어버리기는 했지만, 나에게는 아직 왕으로서의 권력이 남아 있다. 아무도 그것을 가지고 싶다고 하지 않았지. 그러므로 나는 너희들을 판관과 관리로 임명하겠다."

이 소식을 들은 부자들은 매우 기분이 상했고 왕에게 말했다. "전하, 우리는 전하께서 가난하고 비천한 자들을 우리를 다스리라고 임명하셔서 매우 곤혹스럽습니다. 그런 굴욕을 겪느니 차라리 죽는 게 낫습니다." 왕이 대답했다. "이보게나, 나는 자네들에게 아무런 잘못도 하지 않았네. 자네들이 원하는 것은 무엇이든지 자네들에게 줬고 나에게는 왕의 권력 빼고는 아무것도 남지 않았지. 하지만 자네들에게 충고하겠네. 자네들 중 누구든, 자기가 먹고살 것보다 더 많은 재물을 가지고 있는 자는 그 남는 재물을 가난한 사람들에게 주게. 그러면 그들은 정직하고 편안하게 살 것이네. 자네들이 이렇게 한다면 나는 임명을 철회할 것이고, 그러면 자네들은 굴욕을 두려워하지 않아도 될 것이네." 그리하여 모든 것이 왕이 원하는 대로 되었다.

친애하는 이여, 왕은 하느님을 상징한다. 부자와 권세가들은 이 속세의 인간들을 의미하며 가난한 자들은 영혼이 가난한 자들을 의미한다.

양심

❧

성 아우구스티누스의 『신국론』(*De Civitate Dei*)에는 로마의 귀족 부인 루크레티아(Lucretia)에 대한 이야기가 나온다. 루크레티아는 칼라티누스(Calatinus)의 아내인데 그가 어느날 왕 타르퀴니우스(Tarquinius)의 아들 섹스투스(Sextus)를 그의 성으로 초대하였다. 섹스투스는 루크레티아를 열렬히 사랑하게 되었다. 칼라티누스와 왕이 둘 다 로마를 떠나 있을 때, 섹스투스는 이 기회를 틈타 혼자서 칼라티누스의 성으로 가서 그곳에서 묵게 되었다. 밤이 되자, 친구가 아니라 적으로 그는 루크레티아의 침실로 몰래 들어갔다. 그는 한 손에 칼을 쥐고 다른 한 손으로 루크레티아의 가슴을 누르며 말했다. "내 뜻대로 하지 않으면 당신을 죽일 것이오." 하지만 루크레티아는 그를 완강히 거부했다. 광분한 섹스투스는 그녀에게 하인 한 명을 죽여서 그 시체를 그녀의 침대에 놓아둘 것이라고 협박했다. 그리하여 온 세상이 그녀의 부정함을 알게 될 것이라고 했다. 결국 섹스투스는 그의 욕망을 채웠고 그대로 가버렸다. 극심한 슬픔과 고통에 찬 루크레티아는 그녀의 아버지와 남편, 형제들, 황제, 손자들, 총독들에게 편지를 보냈다. 이들이 모두 도착하자 그녀는 그들 앞에서 이와 같이 말하였다. "친구가 아니라 적으로 섹스투스가 우리의 집으로 들어왔습니다. 칼라티누스여, 당신의 침대는 다른 이의 옷으로 더럽혀졌습니다. 비록 제가 더럽혀지긴 하였으나 저는 무고합니다. 저를 용서해주세요, 그러면 저는 제 스스로를 벌하겠습니다." 이 말을 마치고 루크레티아는 그녀의 옷에 숨겨져 있던 단도를 꺼내어 자신의 가슴을 찔렀다. 모여있던 가족과 친구들은 루크레티아의 피가 묻은 칼을 들고 로마에서 타르퀴니우스 가문을 몰아내겠다고 결의하였다. 그들은 타르퀴니우스 가문을 추방하였고 섹스투스는 이 일이 있은 후 얼마 지나지 않아 비참하게 처형되었다.

친애하는 이여, 루크레티아는 영혼을 상징하며 섹스투스는 악

마를 상징한다. 칼라티누스의 성은 악마가 침입한 사람의 마음

을 상징한다. 루크레티아의 검은 참회를 상징한다.

불침번

✤

어떤 도둑이 어느 날 밤 부자의 집에 가서 지붕에 올라 구멍으로 가족 중 아직 깨어 있는 사람이 있는지를 살펴보고 있었다. 그 집의 주인은 뭔가 이상하다는 낌새를 채고 아내에게 나지막이 속삭였다. "큰소리로 나에게 내가 어떻게 부자가 됐는지 물어봐. 내가 그만두라고 할 때까지 멈추지 말고." 아내는 그가 시키는 대로 소리치기 시작했다. "여보, 제발 말해주세요. 당신은 상인도 아니었는데 어떻게 이렇게 많은 재산을 모으셨나요?" "여보, 그런 바보 같은 말은 하지도 말구려." 하지만 그녀는 계속해서 물었고, 마침내 그녀의 계속되는 질문에 질린 듯 남편이 말했다. "내가 하는 말을 비밀로 하겠다고 약속하면 당신에게 말해주지." "물론이지요!" "나는 도둑이었고 밤에 도둑질을 해서 이 모든 것을 모은 거야." "당신이 한

번도 잡힌 적이 없다는 게 참 신기해요.""내 스승님은 솜씨 좋은 서기였는데 나한테 단어 하나를 가르쳐주셨지. 나는 내가 사람들의 지붕에 올라갔을 때 그 단어를 말했고 덕분에 잡히지 않을 수 있었지.""오, 제발 말해주세요. 그 신비한 단어가 뭔가요?""말해줄게. 하지만 그 단어를 절대로 말하지 마. 그러면 우리가 가진 전 재산을 잃게 될 거야.""알았어요. 말하지 않을게요.""아무도 듣는 사람 없지? 그 신비한 단어는 '잘못됐어(false)'야."

아내는 이 대답을 듣고 만족해하며 곧 잠에 들었지만, 남편은 자는 척만 했다. 그는 크게 코를 골았고 지붕에서 아주 기뻐하며 이 대화를 들은 도둑은 달빛에 의지하여 아래로 내려오면서 이 신비한 단어를 일곱 번 외웠다. 하지만 이 주문을 외우는 데 너무 정신이 팔린 바람에 다리를 헛디뎌 창문으로 미끄러져 들어가 집 안으로 떨어졌다. 그는 떨어지면서 팔과 다리를 다쳤고 반쯤 죽은 상태로 마루에 엎어져 있었다. 쿵 소리를 들은 집주인은 그게 무슨 소리인지 알아차렸지만 모르는 척하면서 물었다. "이 무슨 일이오?" 도둑이 신음하며 대답했다. "잘못

떨어진 거요(false falls)." 다음 날 아침 그는 판관에게로 끌려가 십자가형을 당했다.

✤ ————————————

친애하는 이여, 도둑은 악마를 상징하고 이야기에 나오는 집은 인간의 마음을 상징한다. 집주인은 선한 성직자이며 그의 아내는 교회이다.

영혼의 상처

⚜

알렉산더 대왕은 전 세계의 제왕이었다. 한 번은 그가 큰 규모로 군대를 모아 도시 하나를 포위했는데, 그 도시를 포위했던 그의 기사와 병사들이 아무런 상처도 없이 많이 죽어갔다. 놀란 알렉산더 대왕은 철학자들을 불러서 물었다. "이게 도대체 어찌 된 일인가? 병사들이 아무 상처도 없이 죽어가다니!" 그들이 대답했다. "별로 놀랄 일은 아닙니다. 이 도시의 성벽 아래에 독사가 한 마리 사는데, 그 독사를 보는 것만으로도 그것의 독에 감염되어 죽는 것입니다." 왕이 물었다. "어찌하면 좋겠는가?" "군사들과 뱀이 살고 있는 성벽 사이에 큰 거울을 놓으십시오. 그 뱀이 거울에 비친 자신을 보는 순간 그 독을 자신에게로 뿜어서 죽게 될 것입니다." 알렉산더 대왕은 그들이 시키는 대로 했고, 병사들을 구하였다.

사랑하는 이들이여, 거울에 비친 자신의 모습을 보라. 그리고

인간이 얼마나 나약한지를 보고 시간이 잉태하는 사악함을 버

려라.

두려움

✤

어느 왕이 법을 만들기를 갑자기 사형을 당하게 될 자는 누구나 아침에 해가 뜨기 전에 노래와 나팔 소리를 듣게 될 것이고 그 소리를 들으면 검은 옷을 입고 나와 판결을 받아야 한다는 내용이었다. 그러던 어느 날 왕은 성대한 축연을 벌였고 온 나라의 모든 귀족을 초대했다. 나라에서 제일 훌륭한 음악가들이 초대되어 감미로운 멜로디를 연주했다. 하지만 왕은 기뻐하지도 않고 웃지도 않았다. 그의 안색은 근심으로 가득 차 있었고 계속해서 한숨과 신음소리를 냈다. 귀족들이 다 놀랐으나 아무도 감히 그 이유에 대해 묻지 못했다. 마침내 왕의 동생이 왕에게 손님들이 모두 다 놀라고 있다고 얘기하며 그가 왜 그리 슬퍼하는지 이유를 가르쳐달라고 했다. 왕이 대답했다. "집으로 가거라, 내일이 되면 그 이유를 알 수 있을 것이다." 이에 동생은 집으로 돌아갔다.

다음 날 새벽 일찍 왕은 자신의 동생의 집 앞에서 나팔 소리를 울리고 동생을 잡아오라고 병사들에게 시켰다. 나팔 소리에 깜짝 놀라 잠에서 깬 동생은 일어나서 검은 옷을 입었다. 그가 왕의 앞에 끌려가자 왕은 큰 구덩이를 파서 그 위에 네 다리가 거의 썩어서 언제라도 부러질 지경이 된 낡은 의자를 매달아놓도록 시켰다. 왕은 그 의자에 동생을 앉히고 그의 머리 위에 명주실 한 가닥으로 칼을 매달아놓았다. 그리고 아주 날카로운 칼을 손에 든 네 명의 병사를 그의 앞과 뒤, 오른쪽과 왼쪽에 세웠다. 그리고 그 네 병사에게 "내가 명령하는 즉시 그의 심장을 찔러라."라고 명령했다. 곧이어 나팔과 온갖 종류의 악기들이 들여졌고 동생 앞에는 진수성찬이 차려진 탁자가 놓였다. 왕이 말했다. "사랑하는 아우야, 너는 왜 그리 슬퍼하느냐? 여기 진수성찬이 있고 아주 아름다운 음악이 있는데, 너는 왜 기뻐하지 않는 것이냐?" "제가 어찌 기뻐할 수 있겠습니까?" 동생이 대답했다. "아침에 나팔소리가 제 죽음을 알렸습니다. 저는 이제 썩어빠진 의자에 앉아 있는데, 제가 조금이라도 움직인다면 저는 아래 구덩이로 떨어져 칼에 찔리고 말 것입니다. 만약 제가 머리를 위로 든다면 머리 위에 있는 칼에 찔릴 것입니다. 게다가 이 네 병사가 옆에 서서 언제라도 저를 죽이려고 당신의 명령을 기다리고 있습니다. 상황이 이러할진대, 제가 온 세상의 왕이더라도 기뻐할 수는 없습니다."

"그러면, 어제 네가 나에게 물은 것에 대한 답을 해주겠다."라고 왕이 말했다. "나는 왕좌에 앉아 있는데, 그것은 네가 그 부서진 의자에 앉아 있는 것과 같다. 내 몸은 그 의자와도 같은데, 왜냐하면 그 의자가 네 개의 썩어빠진 다리에 의존하고 있는 것처럼 내 몸도 네 개의 요소로 이루어져 있기 때문이다. 내 아래에 있는 구덩이는 지옥이다. 내 머리 위에 있는 칼은 하느님의 판결의 칼로 언제든지 내 목숨을 가져갈 수 있다. 내 앞에는 죽음의 칼날이 있고 내 뒤에는 죄의 칼날이 있는데 이 칼날들은 하느님의 심판의 날에 나를 고발할 것이다. 내 오른쪽에 있는 칼날은 악마이며 내 왼쪽에 있는 칼날은 내가 죽은 후에 내 육신을 갉아먹을 벌레들이다. 상황이 이러할진대, 내가 어찌 기뻐할 수 있겠느냐? 만약 오늘 네가 인간인 나를 두려워했다면, 창조주와 구원자 예수 그리스도를 어찌 두려워하지 않을 수 있겠느냐? 사랑하는 아우야, 가거라, 그리고 이제는 그런 어리석은 질문을 하지 말아라." 동생은 그 끔찍한 의자에서 일어나 왕의 교훈에 감사를 표하며 앞으로 새사람이 되겠다고 결심하였다. 그곳에 있던 모든 이들이 왕의 현명한 처사를 칭찬하였다.

범법자를 벌하기

✤

옛날에 한 황제가 있었는데 그의 문지기는 몹시 영리한 자였다. 그는 황제에게 간곡히 부탁해서 그가 한 달 동안만 도시를 다스리며 세금으로 곱사등이와, 애꾸눈과, 옴에 걸린 사람과, 문둥이와, 몸에 흉터가 있는 자에게 각각 1페니씩 받을 수 있도록 해달라고 간청했다. 황제는 그의 소원을 들어주었고 문서를 써서 확인해주었다. 이에 문지기는 시장이 되었고 사람들이 그의 도시로 들어올 때 그는 그들이 가진 장애를 적었으며, 왕에게 허락받은 대로 그들에게 1페니씩 돈을 받았다.

어느 날 곱사등이 한 명이 도시로 들어왔고 문지기는 그에게 1페니를 요구하였다. 곱사등이는 돈을 낼 수 없다고 항변했다. 문지기는 즉시 그의 목덜미를 잡았는데, 우연히 그의 모자를 위로 추어올리게 되어 그가 애꾸눈이라는 것을 발견했다. 그래서 그는 2페니를 요구했다. 상대방은 더욱더 격렬히 저항하며 도망치려 했다. 하지만 문지기가 그의 머리를 잡아당기자 모자가 떨어졌고 그의 대머리에 있던 옴이 드러났다. 그래서 문지기는 3페니를 요구했다. 곱사등이는 몹시 화가 나서 돈 내기를 거부하고 문지기와 몸싸움을 하기 시작했다. 싸움 중에 그의 팔이 드러났는데 이로써 그가 문둥이라는 것이 밝혀졌다. 그래서 문지기는 4페니를 요구하였다. 싸움은 계속되었고 이에 그의 몸에 있는 흉터가 발견되었다. 그래서 문지기는 5페니를 요구하였다. 그리하여 공정한 요구인 1페니를 부당하게 거절한 사람은 그가 원하지 않지만 어쩔 수 없이 5페니를 내게 되었다.

✢ ──────────

친애하는 이여, 황제는 예수님을, 문지기는 장로 또는 분별 있는 고해신부를, 도시는 이 세상을 상징한다. 병을 가진 자는 죄인을 상징한다.

이야기 34

저주를 피하는 방법

❧

틸베리의 저베이스(Gervase of Tilbury)가 아주 재미있는 사건에 대해 이야기를 해주었는데, 이 이야기는 아주 훌륭한 경고와 조심스러운 권고로 가득 차 있는 것이기도 하다.

오토(Otto) 황제 시절 카탈로니아의 지로나(Girona) 주교구에 아주 높은 산이 있었는데 이 산은 매우 가파르고 험난해서 산에 오를 수 있는 장소가 한 군데밖에 없었다. 산의 정상에는 검은 물이 담긴 깊은 호수가 있었고, 전설에 따르자면 이 호수에 악마들이 사는 궁전이 있다고 한다. 이 궁전에는 거대한 문이 있었는데 이 문은 항상 닫혀 있었다. 하지만 궁전과 그 안에 사는 악마들은 사람들 눈에는 보이지 않았다. 만약 사람이 이 호수에 돌이나 딱딱한 물건을 던지면 악마들이 화가 나서 거대한 파도를 일으켰다. 산의 다른 쪽은 영원한 눈과 얼음과 수정으로 되어 있었다. 산기슭에는 강이 하나 있었는데, 강의 모래는 금으로 되어 있었다. 사람들은 이 금을 망토라 불렀다. 산과 그 근처의 지역에서는 은이 많이 생산되었는데 그 양이 어마어마했다.

이 산에서 그리 멀지 않은 곳에 한 농부가 살고 있었다. 어느 날 집안일을 하느라 몹시 분주하던 그는 어린 딸이 계속해서 울어대자 너무 짜증이 나서 그만 자신도 모르게 '악마가 딸을 데리고 가버렸으면'이라는 생각을 해버렸다. 이 조심성 없는 생각이 밖으로 튀어나오자마자 소녀는 보이지 않는 손에 의해 잡혀가버렸다. 그로부터 7년 후 산자락을 따라 여행하고 있던 어떤 사람이 그 농부의 집 근처에서 어떤 사람이 아주 급하게 서둘러 가며 한탄에 섞인 푸념을 하는 것을 보았다. 그는 걸음을 멈추고 그 이유를 물어보았다. 그러자 그 사람이 말하기를 지난 7년 동안 자신은 산에 있는 악마들에게 잡혀서 악마들의 전차노릇을 하고 있는데, 이는 바로 자신이 조심성 없게 저주를 내뱉었기 때문이라고 말했다. 여행자는 이 이상한 말을 거의 믿지 않았는데, 그 자가 또 말하기를 그의 이웃도 비슷한 일을 당했다는 것이었다. 그 사람이 악마가 딸을 데려가버리면 좋겠다고 원하자마자 악마들이 그녀를 데려갔다는 것이었다. 그러면서 그가 덧붙이기를, 악마들이 그 소녀에게 일을 가르치는 것에 지쳐서 이제는 아버지가 산으로 와서 아이를 데려간다면 기꺼이 그녀를 돌려주고 싶어한다는 것이었다.

여행자는 이 말을 듣고 어안이 벙벙해져서 이 믿을 수 없는 말들을 그냥 지나칠 것인지 아니면 들은 대로 얘기를 해주어야 할 것인지 고민했다. 마침내 그는 그 소녀의 아버지에게 말해주기로 결심했다. 급히 서둘러 그를 찾아가보니 아버지는 오랫동안 딸이 돌아오지 않아 계속 슬퍼하고 있었다. 그가 슬퍼하는 것이 딸 때문임을 알게 된 여행자는 악마가 전차로 사용하고 있는 사람에게서 들은 이야기를 그에게 해주었다. "그러니, 악마들에게 가서 딸을 돌려달라고 하시오." 이 이야기를 들은 농부는 어떻게 해야 할지를 고민했다. 그리고 마침내 여행자가 시키는 대로 하기로 결심했다. 농부는 산을 올라 호수를 향해 갔고 악마들에게 자신의 어리석음 때문에 잃어버린 딸을 돌려달라고 호소했다. 그러자 갑자기 돌풍이 불더니 키가 큰 한 소녀가 그의 앞에 나타났다. 그녀의 눈은 정신없이 이리저리 주변을 둘러보고 있었고 피골은 상접해 있었다. 그녀의 끔찍한 얼굴에는 어떤 감정도 나타나 있지 않았고 사람의 말을 하지도 못했다. 사람이라고 하기에는 너무 흉측한 모습이었다. 딸의 기괴한 모습에 당황한 농부는 딸을 집으로 데리고 갈 것인지 아닌지를 고민하며 지로나의 주교에게로 가서 그에게 일어난 슬픈 일을 이야기하고 조언을 구하였다. 독실한 신자이며 아주 중요한 임무를 맡고 있던 주교는 이 소녀에 대한 이야기를 그의 교구에 있는 모든 이에게 말하였다. 그는 사람들에게 경솔하게 그들의 운명을 숨어 있는 악마들에게 맡기는 실수를 범하지 말라고 경고했다. 그리고 기독교인들의 적인 악마는 마치 성난 사자처럼 사냥감을 찾아다닌다고, 또 악마는 자기가 잡은 사람들을 죽이며 그들에게 영원한 굴레를 씌운다고 이야기하였다.

악마들에게 전차로 사용되던 사람은 오랫동안 그 비참

한 상태를 계속하였으나 결국은 믿음을 가진 조심성 있는 사람이 되어 악마에게서 풀려났다. 그는 그 호수 아래에 아주 거대한 궁전이 있으며 그곳으로 통하는 유일한 입구는 깊은 암흑에 싸여 있다고 이야기했다. 온 세계에 나가서 악행을 저지른 악마들이 이 문을 통하여 돌아와서 동료들에게 그들이 저지른 악행을 이야기해준다고도 했다. 악마들과 그 문을 통해 들어가 악마들의 영원한 저주의 굴레를 쓴 이들을 제외하고는 그 누구도 그 궁전이 무엇으로 만들어졌는지 모른다. 이 이야기들로부터, 사랑하는 이여, 우리는 우리가 처해 있는 위험을 알아야 하고 우리가 악마들에게 도움을 청하거나 우리의 가족을 그들의 손아귀에 넣지 않도록 얼마나 조심해야 하는가를 배울 수 있다. 그러므로 부디 조심하고 악마가 죄지은 영혼을 잡아가서 영원한 저주의 호수에 던져 넣지 않도록 경계합시다. 그곳에는 녹지 않는 눈과 얼음이 있습니다. 그리고 수정은 꺼지지 않는 불에 영원토록 고통받는 깨달은 양심을 보여줍니다.

극도의 두려움

✣

알렉산더 대왕에게는 켈레스티누스(Celestinus)라는 이름의 외아들이 있었는데 알렉산더 대왕은 그를 아주 사랑하였다. 그는 아들이 교육을 잘 받기를 원했기에 철학자 한 명을 불러와 말했다. "철학자여, 내 아들을 교육시켜주십시오. 당신에게 후하게 보상하겠습니다." 철학자는 이에 동의하고 아이를 자신의 집으로 데려갔다. 그는 자신의 임무를 충실히 수행했다. 어느 날 자신의 학생과 풀밭에 들어가게 된 철학자는 말 한 마리가 피부병으로 고통스러워하며 땅에 누워 있는 것을 보았다. 그 말 옆에는 두 마리의 양이 서로 한 줄로 묶여 있었는데 그들은 주변에서 자라는 풀을 먹기에 여념이 없었다. 그런데 우연히 양 두 마리가 말을 가운데에 두고 양쪽에 한 마리씩 있게 되었다. 그러자 두 마리 양을 묶고 있던 밧줄이 말의 등 위에 놓이게 되어 말의 등에 난 상처를 비벼 더욱 고통스럽게 했다. 이에 괴로워하며 말은 몸을 일으켰다. 하지만 이제 밧줄에 묶인 양의 무게까지 지게 되자 고통이 더 심해졌다. 난폭해진 말은 불쌍한 양들을 질질 끌며 전속력으로 달리기 시작했다. 양들이 버티는 만큼 말의 고통이 커졌다. 왜냐하면 말이 달릴 때마다 양의 무게 때문에 밧줄이 점점 더 상처를 파고들었기 때문이다. 그 풀밭가에는 방앗간 주인의 집이 있었는데 고통에 못 이긴 말은 양을 양쪽에 끌며 그리로 달려 들어갔다. 그 집에는 아무도 없었지만 난로에서 불이 타고 있었다. 말이 그리 달려들어 말굽으로 불을 여기저기 밟아대자 불꽃이 튀어 집에 불이 붙었고 곧 온 집이 재로 변했다. 그 안에서 말과 양들도 같이 불에 타 죽었다. 이 광경을 본 선생이 학생에게 말했다. "너는 이 사건의 처음과 중간과 끝을 보았다. 그것에 관한 제대로 된 시를 만들어보아라. 그 시로 왜 저 집이 불에 탔는지 이유를 대보거라. 네가 잘하지 않으면 나는 너를 엄하게 벌할 것이다."

켈레스티누스는 선생님이 없는 동안 열심히 노력하였으나 숙제를 할 수가 없었다. 그가 괴로워하고 있자 항상 방심하지 않는 악마가 사람의 모습을 하고 그의 앞에 나타나서 물었다. "젊은이여, 왜 그렇게 근심스러워하는가?" "신경쓰지 마세요. 말해봤자 소용없어요." "네가 그걸 어떻게 아느냐. 나에게 말하면 내가 도와주겠다." "피부병이 있는 말과 두 마리 양에 관한 시를 써야하는 숙제가 있는데 어떻게 해야 할지 모르겠어요. 숙제를 못하면 심한 벌을 받을 거예요." "젊은이여, 나는 인간의 모습으로 나타난 악마이며 최고의 시인이다. 너의 선생에 대해서는 걱정하지 마라. 네가 나를 충성으로 섬기겠다고 약속하면 네 선생이 할 수 있는 것보다훨씬 훌륭한 시를 써주마." 켈레스티누스는 이 음흉한제안에 솔깃해서 그가 숙제를 대신 해주면 그를 충성으로 섬기겠다고 약속했다. 그러자 악마가 다음과 같은시를 썼다.

부스럼 난 말의 가죽 위를 지나는
가죽 끈에 묶여

두 마리 양이 누워 있네, 당신이 말하듯이,
말의 양쪽에.

말은 일어나 앞으로 달려가네
양쪽에 양을 매달고
전속력으로 달리는 말에 이끌려
방앗간 주인집에 그들은 도착하네.

부주의한 말발굽으로 불을 흩뜨리니
서까래에 불이 붙었네
매애 우는 양들과 부스럼 난 말은
같이 불에 타 버렸네.

방앗간 주인이라는 불리는 그 사람이
집을 지키는 것이 허락되었었다면,
그가 돌아오기 전에 그의 집은 불에 타지 않고
그의 말도 양도 불에 타지 않았을 텐데.

소년은 이 선물에 기뻐하며 집으로 돌아갔다.

"너는 이 시를 훔쳤느냐 아니면 네가 직접 썼느냐?" "제가 썼습니다, 선생님." 그리고 소년은 시를 낭송했다. 이 시가 가진 흔치 않은 아름다움에 아주 놀란 선생이 물었다. "얘야, 말해보아라, 누가 이 시를 너에게 써주지 않았느냐?" "아닙니다. 제가 썼습니다." "네가 진실을 말하지 않으면, 나는 피가 날 때까지 너를 매질할 것이야."

매를 맞을 것을 두려워한 소년은 그에게 일어난 모든 일과 그가 어떻게 악마에게 서약으로 묶인 몸이 되었는지를 말하였다. 이 말에 매우 낙담한 선생은 그 소년이 고해성사를 하도록 시키고 이 무서운 맹약을 버리라고 시켰다. 소년이 선생님이 시키는 대로 하자 그는 성자가 되었다. 그리고 일생을 잘산 다음에 그의 영혼은 하느님에게로 갔다.

❧ ————————

친애하는 이여, 왕은 예수님을, 철학자는 장로를, 피부병에 뒤덮인 말은 죄로 뒤덮인 죄인을 상징한다. 두 마리의 양은 자비의 끈으로 연결된 두 명의 설교자를 상징한다. 방앗간 주인의 집은 속세를, 불은 사람의 주의를 딴 데로 돌리는 사건을 상징한다.

나이팅게일의 충고

✤

한 궁수가 나이팅게일 한 마리를 잡아서 죽이려고 하였
다. 말을 할 수 있는 능력이 있던 그 새가 궁수에게 말하
였다. "나를 죽인다고 해서 당신에게 무슨 이득이 되겠
습니까? 저는 작아서 당신의 배를 채우지 못해요. 만약
나를 살려준다면 당신에게 세 개의 교훈을 가르쳐 드릴
게요. 그 교훈을 잘 따르면 당신은 큰 이익을 얻게 될 거
예요." 새가 말을 할 수 있는 것에 놀란 궁수는 새가 말
한 대로 세 개의 교훈을 얘기해주면 풀어주겠다고 약속
했다. 그러자 새가 말했다. "잘 들으세요. 첫 번째 규칙은
'불가능한 일을 절대로 시도하지 말라'입니다. 두 번째
는 '돌이킬 수 없는 것을 한탄하지 말라', 세 번째는 '믿
을 수 없는 것을 믿지 말라'입니다. 만약 이 세 교훈을 현
명하게 잘 지키면 당신은 큰 이익을 얻을 거예요." 궁수

는 이 말을 듣고 약속한 대로 새를 놓아주었어요. 하늘로 날아간 새는 아주 감미로운 노래를 불렀다. 그리고 노래가 끝나자 궁수에게 말하였다. "당신은 참 어리석습니다. 그리고 당신은 오늘 아주 값진 보석을 잃어버렸어요. 내 창자에는 타조알보다 큰 진주가 들어 있어요." 새를 놓쳐 분개한 궁수는 그물을 펴서 새를 다시 잡으려고 하였다. 하지만 새는 그물을 피해 날아갔다. 궁수가 소리쳤다. "예쁜 새야, 우리 집으로 들어오거라! 그러면 너에게 아주 잘해줄게! 내 손으로 손수 너에게 먹이를 주고 네가 원하는 대로 날아다니게 해줄게." 나이팅게일이 대답했다. "정말이지 당신은 어리석기 짝이 없군요. 당신은 내가 알려준 교훈 '돌이킬 수 없는 것을 한탄하지 말아라'를 전혀 따르지 않았어요. 나를 잡으려고 그물을 폈지만 나를 다시 잡을 수는 없을 거예요. 게다가 당신은 내 창자에 타조알보다 큰 진주가 들어 있다고 믿었어요. 내 몸집이 그 정도 크기가 되지도 않는데 말이에요. 당신은 바보 멍청이이고 평생을 바보로 살 거예요!" 이 말을 하고 새는 멀리 날아가버렸다. 궁수는 슬픔에 잠겨 집으로 돌아왔고 다시는 그 새를 보지 못했다.

친애하는 이여, 궁수는 기독교인이고 나이팅게일은 예수님이다. 사람이 죄를 짓는 횟수만큼 예수님을 죽이려 하는 것이다.

영원한 죽음

❧

발람(Barlaam)이 말하기를 죄인은 일각수를 두려워하여 뒷걸음치다가 깊은 구덩이에 빠지는 사람 같다고 하였다. 그는 아래로 떨어지다 나뭇가지 하나를 잡고 위로 올라와 매달리게 되었다. 아래를 내려다보니 그가 올라온 나무의 발치 아래에는 아주 컴컴한 우물이 있고 끔찍하게 생긴 용 한 마리가 있었다. 그 용은 입을 쩍 벌리고 그가 떨어지기를 기다리고 있는 것처럼 보였다. 나무는 두 개의 벽 사이에 서 있었는데, 한쪽 벽은 하얀 색이고 다른 한쪽 벽은 검은 색이었다. 용은 그 나무를 쓰러뜨리려고 계속하여 뿌리를 갉고 있었다. 나무의 뿌리 근처에는 네 마리의 독사가 있었는데 이 독사들이 내뿜는 악취가 구덩이를 가득 채우고 있었다. 고개를 들어 위쪽을 보니 나무 가지에서 꿀이 한 방울씩 떨어지고 있었다.

그 사람은 꿀의 단맛에 빠져 자신이 처한 위험을 까맣게 잊고 말았다. 마침 지나가던 친구가 사다리를 내려 그를 구해주려고 하였으나 구덩이에 빠진 사람은 꿀의 유혹에 넘어가 나무에 매달렸고 나무가 부러지면서 아래로 떨어지고 말았다. 용은 구덩이 밑으로 내려가 사람을 먹어치웠다. 그는 이렇게 비참한 최후를 맞았다.

✤ ───────────

친애하는 이여, 인간은 구덩이에 빠진 죄인이며, 일각수는 죽음을 의미한다. 구덩이는 이 세상을, 두 개의 벽 사이에 서 있는 나무는 생명을 상징한다. 네 마리의 독사가 자리 잡고 있는 위치는 인간의 육신을 의미하며 용은 악마를, 아래의 구덩이는 지옥을 의미한다. 꿀이 떨어져 내리는 나뭇가지는 죄의 달콤함을 의미하며 지나가던 친구는 설교자를, 사다리는 참회를 의미한다.

본성

✤

어떤 황제가 어느 날 오후 사냥을 하러 나섰다. 어떤 숲을 지나고 있을 때, 그는 양치기들이 잡아서 나무에 단단히 묶어놓은 뱀 한 마리가 내는 무시무시한 소리를 들었다. 불쌍한 마음에 그는 뱀을 풀어주었고 차갑게 얼어버린 뱀의 몸을 자신의 품에 안아 녹여주었다. 하지만 그 뱀은 기운을 회복하자마자 자신을 구해준 사람을 물었고 상처에 독을 뿜어 넣었다. "이 무슨 짓이냐? 너는 왜 은혜를 이따위로 갚는 것이냐?"라고 황제가 말했다. 뱀이 대답했다. "본성은 바꿀 수가 없습니다. 당신은 당신이 할 수 있는 일을 했고 나는 오직 내 본성에 따라 행동했을 뿐입니다. 당신이 당신이 할 수 있는 모든 친절을 나에게 베풀었습니다. 나도 내가 할 수 있는 일을 한 것뿐입니다. 나는 당신에게 독을 주었는데, 그것 말고는 내가 줄 것이 없기 때문입니다. 게다가 나는 인간의 적입니다. 왜냐하면 인간 때문에 나는 저주받았기 때문입니다."

이들이 이렇게 싸우다가 예언자에게 그들 중 누가 잘못을 했는지를 판단해달라고 부탁했다. 예언자가 말했다. "이 상황에 대해서 오직 당신들이 하는 말만 들었으니, 나는 직접 그 상황을 내 눈으로 본 후에 판단하고 싶소. 그러니 뱀을 원래대로 다시 나무에 묶고 황제폐하가 다시 그것을 풀어주십시오. 그러면 둘 중 누가 옳은지를 판단할 수 있을 것입니다." 그리하여 황제는 예언자가 시키는 대로 뱀을 다시 나무에 묶었다. 나무에 묶인 뱀을 보고 예언자가 말하였다. "이제 네가 나무에 묶였으니, 네 스스로 풀 수 있으면 풀어보아라." 뱀이 말했다. "나는 할 수 없다. 나는 너무 꽉 묶여서 조금도 움직일 수가 없다." 그러자 예언자가 대답했다. "그러면 정의로운 판결에 의하여 죽도록 하여라. 너는 항상 인간에게 배은망덕한 존재였고 앞으로도 그럴 것이다. 황제폐하, 이제 당신은 자유롭습니다. 가슴에 있는 뱀의 독을 털어내버리시고 갈 길을 가십시오. 어리석은 행동을 또다시 하지는 마십시오. 뱀은 항상 본성에 따라 움직인다는 것을 기억하십시

오." 황제는 예언자에게 그의 도움과 충고에 감사를 표
하고 떠났다.

✤ ——————————

친애하는 이여, 황제는 선한 성직자를 의미하며 숲은 이 세상
을, 뱀은 악마를 의미한다. 뱀을 잡은 양치기들은 주교들과 설
교자들, 등등을 의미한다. 예언자는 현명한 고해자를 의미한다.

세 개의 보석상자

❧

한때 로마에 안셀무스(Anselmus)이라 불리는 막강한 황제가 살고 있었다. 그는 예루살렘 왕의 딸과 결혼했는데, 그녀는 아름답고 우아한 여성이었다. 그러나 그녀는 결혼한 후 오랜 시간이 지나도록 왕의 후손을 낳지 못하였다. 그리하여 로마 제국의 귀족들은 황제에게 자식이 없다는 것을 매우 한탄했다. 그러다 어느 날 안셀무스가 저녁을 마치고 산책을 하고 있을 때, 자신에게 자식이 없다는 것과 그가 죽으면 로마 제국을 지킬 후손이 없다는 이유로 암플루이(Ampluy)의 왕이 계속해서 그에 맞서 전쟁을 벌이고 있는 것에 대해 생각하게 되었다. 그리하여 그는 근심에 차서 잠자리에 들었다. 그때 황제는 자신이 잠 속에서 어떤 환영을 보고 있다고 생각을 하게 되었다. 그 환영 속에서 아침은 평소 때보다도 훨씬 더 밝았고, 달의 한쪽은 반대편의 다른 한쪽보다 훨씬 더 창백했다. 그리고 그는 두 개의 색깔을 지닌 새 한 마리를 보았는데 그 새 옆에 두 마리의 동물이 서서 자신들의 체온으로 그 새를 보호하고 있었다. 곧 더 많은 동물들이 와서 그 새에게 몸을 숙여 인사를 하고는 떠났다. 그러고 나서는 많은 새들이 날아와서 아름답고 즐겁게 노래하였다. 이 광경을 마지막으로 황제는 잠에서 깼다.

아침에 안셀무스 황제는 그가 본 모습을 생각하며 그것이 과연 무엇을 의미하는지 궁금해했다. 그리하여 그는 철학자들과 나라의 모든 신하들을 불러 그가 꿈을 꾸었는데 그 꿈의 의미가 무엇인지를 말하라고 명했다. 만약 그들이 꿈이 의미하는 바를 진실되게 말한다면 큰 상을 내릴 것이라고도 하였다. 이에 그들은 "황제이시여, 어떤 꿈을 꾸셨는지를 말씀해주십시오. 저희가 그것이 무엇을 의미하는지를 말씀해드리겠습니다."라고 말했다. 황제는 그들에게 처음부터 끝까지 그가 꾼 꿈을 상세히 말하였다. 철학자들이 꿈 이야기를 들었을 때, 그들은 기뻐하며 말하였다. "황제이시여, 당신이 본 꿈은 좋은 것입니다.

왜냐하면 제국이 지금보다 더 밝게 될 것이기 때문입니다. 한쪽이 다른 한쪽보다 더 창백한 달은 황후님을 의미합니다. 황후는 아들을 잉태하시어 안색이 창백해지신 것입니다. 작은 새 한 마리는 황후가 곧 낳으실 왕자님을 의미합니다. 이 새를 품고 있는 두 마리의 동물은 왕자님을 섬길 이 나라의 현자와 부자들입니다. 새에게 고개 숙여 인사한 동물들은 왕자님께 경의를 표할 많은 다른 나라들을 의미합니다. 이 새에게 아름답게 노래를 불러주는 새들은 로마인들을 의미합니다. 그들은 그의 탄생을 축하하며 노래를 부르는 것입니다. 이것이 당신의 꿈이 의미하는 바입니다." 황제가 이 말을 들었을 때 그는 매우 기뻐하였다. 이 일이 있은 후 얼마 되지 않아 황후는 아름다운 왕자를 낳았고, 그의 탄생에 온 나라가 기뻐하였다.

암플루이의 왕이 이 소식을 들었을 때, 그는 "아뿔사, 나는 내 평생 내내 황제에게 전쟁을 걸었었는데 이제 그에게 아들이 생겼으니, 그 왕자가 성인이 되면 그의 아버지에게 내가 행한 일 때문에 나에게 복수하려 할 것이다.

그러니 황제에게 전쟁을 끝내고 사이좋게 지내자고 해서 왕자가 어른이 되어도 나에게 아무 해도 끼치지 않도록 하는 게 낫겠다."라고 생각했다. 이 생각에 미치자 그는 황제에게 편지를 써서 평화조약을 맺자고 간곡히 부탁했다. 그러나 황제는 암플루이의 왕이 평화에 대한 사랑보다는 두려움에 의해 편지를 쓴 것을 알고 답을 쓰기를, 만약 그가 평화를 지킬 충분한 보증을 제공하고 또 그가 죽을 때까지 그에게 봉사하고 경의를 표할 것을 맹세한다면 평화조약을 맺겠노라고 했다.

암플루이의 왕이 황제의 뜻을 알게 되자 회의를 열어 어떻게 하면 좋을지를 신하들에게 물었다. 신하들이 답하기를 "모든 문제에 있어서 황제의 뜻과 명령을 따르는 것이 좋겠습니다. 황제가 평화를 위한 보증을 제공하라고 한 것에 대해서는 이렇게 하십시오. 전하께는 딸만 한 명 있고 황제는 아들만 있으니 그 둘을 결혼시켜서 결혼으로서 평화조약을 맺으십시오. 황제는 또한 경의와 조공을 원하고 있는데, 그것 역시 받아들이는 것이 좋겠습니다."라고 하였다. 그러자 왕이 황제에게 전령들을 보내어 만약 그가 그의 아들과 자신의 딸을 결혼하도록 할 의향이 있다면 그가 원하는 바를 모두 다 하겠노라고 전했다. 황제는 이에 매우 기뻐하였으나 다시 전령을 보내어 만약 공주가 순결한 처녀라면 그는 결혼을 허락하겠다는 뜻을 전했다. 이에 왕은 기뻐하였는데, 공주가 순결한 처녀였기 때문이었다. 그리하여 평화조약이 맺어졌고, 왕은 그의 딸이 왕자와 결혼하기 위하여 데리고 갈 많은 수의 귀족 기사들과 숙녀들과 많은 양의 보물들을 실을 수 있는 으리으리한 배를 만들었다.

그러나 그들이 배를 타고 로마로 항해하고 있을 때, 사나운 폭풍우가 몰아치는 바람에 배가 바위에 부딪혀 공주를 뺀 나머지 모든 사람이 물에 빠져 죽었다. 공주는 하느님이 그녀를 살려주실 것이라는 믿음을 강하게 가지고 있었으며 세 시경에 폭풍우가 멈추었다. 공주는 파도에 휩쓸려 물 위로 떠오른 배의 파편에 오르게 되었는데, 이때 거대한 고래가 배와 공주를 삼키려고 계속 따라왔다. 밤이 되자 공주는 돌을 가지고 불을 지펴서 배를 환하게 밝혔고 이에 고래는 빛이 무서워서 감히 배에

다가오지 못하였다. 날이 밝았을 때 공주는 사나운 폭풍
우와 바다의 험한 풍랑에 지쳐서 잠이 들게 되었고, 불
이 꺼지자 고래가 와서 공주를 삼켜버렸다. 공주가 잠에
서 깨어나 자신이 고래의 뱃속에 있다는 것을 알게 되자
그녀는 불을 켜고 칼로 고래의 배를 마구 찔렀다. 고래는
자신이 상처를 입었다는 것을 느끼고 본능에 따라 육지
를 향하여 갔다.

그 당시 한 시골에 피리스(Pirris)라 불리는 귀족이 살고
있었는데, 그는 바닷가로 산책을 나갔다가 고래가 육지
를 향하여 오고 있는 것을 보았다. 그는 집으로 돌아가
많은 사람들을 모아 다시 해안으로 향했다. 그들은 고래
와 싸워서 고래에게 상처를 입혔는데, 그들이 고래를 두
들겨 패자 그 고래의 뱃속에 있던 공주가 소리쳤다. "오
제발, 저에게 자비를 베풀어주세요. 저는 공주이고 태어
나서 지금까지 순결한 처녀입니다." 피리스가 이 소리를
들었을 때 그는 몹시 놀랐고 고래의 옆구리를 갈라 공주
를 밖으로 꺼내었다. 공주는 그에게 그녀가 누구의 딸이
며 바다에서 모든 재물을 잃었고 황제의 아들과 결혼하

려고 항해하고 있었다는 사실을 다 이야기하였다. 피리스는 이 이야기를 듣고 매우 기뻐하며 그녀를 위로하고 그녀의 기력이 회복될 때까지 돌보아주었다. 그리고 곧 그는 황제에게 전령을 보내어 공주가 어떻게 풍랑에서 구조되었는지를 보고하였다.

황제는 그녀가 안전하다는 것을 알게 되자 매우 기뻐하였고 동시에 그녀를 측은히 여겼다. "오 공주여, 내 아들에 대한 사랑 때문에 너는 그토록 많은 고난을 겪었구나. 그렇지만 네가 내 아들의 짝이 될 자격이 있는지 아닌지는 내가 곧 증명할 것이다." 황제는 이렇게 말하고 세 개의 상자를 가지고 오도록 시켰다. 첫 번째 상자는 순금으로 만들어졌는데 바깥쪽에는 온갖 아름다운 보석으로 장식이 되었으나 안에는 죽은 사람의 뼈로 가득 차 있었다. 상자에는 "나를 선택하는 자는 그에게 걸맞는 것을 얻게 될 것이다."라고 새겨져 있었다. 두 번째 상자는 아름다운 은으로 만들어져 있었고 흙과 벌레로 가득 차 있었다. 그 상자에는 "나를 선택하는 자는 그의 본성이 원하는 바를 얻게 될 것이다."라고 새겨져 있었다. 세 번째 상자는 납으로 만들어져 있었고, 안에는 보석으로 가득 차 있었다. 그 상자에는 "나를 선택하는 자는 하느님이 그를 위해 준비하신 것을 얻을 것이다."라고 새겨져 있었다. 황제는 이 세 상자를 공주에게 보여주었고, "보거라 공주여, 이 세 개의 아름다운 상자를 보거라. 만약 네가 너와 다른 사람들에게 유익한 것이 들어 있는 상자를 고른다면 너는 내 아들과 결혼할 수 있을 것이다. 그러나 만약 네가 너와 다른 사람들에 도움이 안 되는 것이 들어있는 상자를 고른다면 결혼을 할 수 없다."

이 말을 듣고 공주는 두 손을 모아 들고 하느님께 기도하였다. "전지전능하신 하느님이시여, 제가 올바른 선택을 하도록 은혜를 베푸시어 왕자님과 결혼하게 해주십시오." 그리고 나서 그녀는 금으로 만들어지고 장엄하게 글귀가 새겨진 첫 번째 상자를 보고 그곳에 씌어 있는 글귀를 읽었다. "나를 선택하는 자는 그에게 걸맞는 것을 얻게 될 것이다." 그리고 그녀는 말하기를, "비록 이 상자가 아름답고 순금으로 되어 있기는 하나 이 안에 무엇이 들어 있는지는 모른다. 그러므로 나는 이 상자를 선택하지 않겠다." 그리고 그녀는 순은으로 만들어진 두 번째 상자를 보고 글귀를 읽었다. "나를 선택하는 자는 그의 본성이 원하는 바를 얻게 될 것이다." 그녀는 생각하기를, "만일 내가 이 상자를 선택하면, 나는 이 안에 무엇이 들어 있는지를 모른다. 그러나 나는 내가 이 상자 안에서 본성이 원하는 것을 발견할 것이라는 것을 안다. 그리고 나의 본성은 육신의 욕정을 원하니, 나는 이 상자를 선택하지 않겠다." 첫 번째와 두 번째의 상자에 대하여 그녀의 뜻을 밝힌 공주는 세 번째 상자를 보고 글귀를 읽었다. "나를 선택하는 자는 하느님이 그를 위해 준비하신 것을 얻을 것이다." 공주는 생각하였다. "이 상자는 귀해 보이지도 않고 겉보기에 아름답지도 않다. 하지만 글귀가 '나를 선택하는 자는 하느님이 그를 위해 준비하신 것을 얻을 것이다'라고 말하고 있다. 하느님은 결코 어떤 나쁜 일도 준비하지 않으시니 나는 하느님의 뜻대로 이 상자를 고를 것이다."

공주가 이렇게 말하는 것을 듣고 황제가 말하였다. "오 아름다운 처녀여, 너의 상자를 열거라. 그 상자는 보석으로 가득 차 있으니 네가 선택을 잘했는지 아닌지를 확인해보거라." 공주가 상자를 열었을 때, 그 안은 황제가 말한 것처럼 순금과 보석으로 가득 차 있었다. 그리고 황제가 말하였다. "공주여, 네가 선택을 잘하였으니 너는 나의 아들과 결혼할 수 있다." 그러고 나서 그는 결혼식 날짜를 잡았다. 왕자와 공주는 장엄한 결혼식을 올리고 죽을 때까지 영예롭게 살았다.

풀겐티우스

✤

옛날에 로마에 마르티누스(Martinus)라는 이름을 가진 막강한 권력을 지닌 황제가 살고 있었다. 그는 그의 형제의 아들 풀겐티우스(Fulgentius)를 몹시 사랑하여 데리고 살았다. 마르티누스 황제와 함께 제국의 집사이자 황제에게는 삼촌인 기사가 같이 살았는데, 이 기사는 풀겐티우스를 질투해서 어떻게 하면 황제와 이 젊은이 사이가 나빠지게 할 수 있을지 밤낮으로 궁리했다. 그리하여 그 집사는 어느 날 황제에게 가서 말했다. "황제폐하, 저는 폐하의 충성스러운 하인이며 제가 만일 폐하의 명예를 해치는 어떤 것이라도 들으면 폐하께 알리는 것이 저의 임무입니다. 이에 저는 폐하께 단 둘이 비밀리에 드릴 말씀이 있습니다." 그러자 황제가 말했다. "무슨 일인지 말해보거라." "존경하는 폐하," 집사가 말했다. "폐하의 친족이

자 조카인 풀겐티우스가 부끄럽게도 제국 전체에 폐하의 명예를 훼손하며 다닙니다. 그는 폐하의 입 냄새가 몹시 심하여 폐하의 술시중을 드는 것이 몹시 괴롭다고 말하며 다닌답니다." 이 말을 들은 황제는 몹시 언짢았고 분노에 거의 제정신이 아니게 되어 말했다. "친구여, 말해보라, 내 입 냄새가 그가 말하듯이 그렇게 심한가?" 그러자 집사가 대답했다. "폐하, 믿어주십시오. 저는 제 평생 폐하의 입 냄새보다 더 달콤한 입 냄새를 맡아본 적이 없습니다." 황제가 말했다. "그러면 내가 이 일을 어떻게 증명할지 말해보거라." 집사가 대답했다. "폐하, 폐하는 곧 진실을 알게 되실 것입니다. 왜냐하면 내일 그가 폐하의 술시중을 들 때, 폐하의 입 냄새 때문에 그가 머리를 돌리는 것을 보게 될 것입니다. 이보다 더 확실한 증거는 없습니다." 황제가 말했다. "참으로 그보다 더 확실한 증거는 없을 것이다."

이 말을 듣자 집사는 즉시 풀겐티우스에게로 가서 그를 붙잡고 말하였다. "사랑하는 친구여, 자네는 내가 모시는 황제폐하의 친척이자 조카이네. 만약 자네가 나에게 감사할 마음이 있다면 나는 황제폐하께서 불평하시는 자네의 잘못을 말해주겠네. 황제는 자네의 이 잘못 때문에 자네를 멀리하실 생각을 하고 계시고 그렇게 되면 자네에게 그리 좋지 않을 것이야." 풀겐티우스가 말했다. "오, 아저씨, 제발 황제폐하께서 무엇 때문에 저에게 언짢아 하시는지 얘기해주세요. 저는 제 잘못을 고치려고 노력할 것이고 아저씨가 시키시는 대로 할게요." 집사가 대답했다. "자네의 입 냄새가 너무 심해서 황제폐하께서 술맛이 없으시다네. 자네 입 냄새는 그 정도로 아주 고약해." 그러자 풀겐티우스가 집사에게 말했다. "그렇군요. 지금까지는 정말 몰랐어요. 집사님은 제 입 냄새를 어떻게 생각하세요? 제발 사실을 말씀해주세요." 집사가 대답했다. "사실, 자네 입 냄새는 너무 심하고 고약해." 풀겐티우스는 집사가 말하는 모든 것을 믿었고 매우 슬펐다. 그는 집사에게 그를 도와달라고 부탁했다. 그러자 집사가 그에게 말하기를, "만약 자네가 내 충고를 듣는다면, 나는 이 문제를 바로잡겠네. 그러니 내가 말하는 대로 하게." "나는 자네에게 제일 좋은 방법을 가르쳐주겠네. 자네가 황제폐하의 술시중을 들 때 자네의 머리를 멀리 돌리게. 그리하면 폐하께서 자네의 입 냄새를 맡지 않게 될 것이야. 자네가 자네의 입 냄새를 치료할 방법을 찾을 때까지 그렇게 하게." 풀겐티우스는 매우 기뻐하며 그의 조언대로 하겠다고 맹세했다.

이 일이 있은 후 얼마 지나지 않아 풀겐티우스는 그가 하던 대로 황제의 술시중을 들었고, 집사가 시킨 대로 그의 머리를 황제의 얼굴에서 급히 돌렸다. 황제는 풀겐티우스가 그의 머리를 돌리는 것을 보자, 그의 가슴을 발로 차며 말했다. "오 이 망할 놈아. 이제야 내가 들은 이야기가 사실이라는 걸 알겠다. 당장 내 눈앞에서 썩 꺼져라. 나는 더 이상 너를 내 궁전에서 보고 싶지 않다." 풀겐티우스는 몹시 흐느끼며 황제의 눈에 보이지 않게 그 자리를 빠져나왔다. 이 일이 있은 후 황제는 집사를 불러 말했다. "내가 어떻게 내 명예를 더럽힌 그 놈을 이 세상에서 없애버릴 수 있겠나?" 집사가 대답했다. "폐하, 폐하께서 원하시는 대로 될 것입니다. 여기서 3마일 정도 떨어진 곳에 벽돌을 굽는 사람들이 살고 있습니다. 그들은 매일 벽돌을 굽기 위하여 거대한 불을 피우는데, 석회도

만듭니다. 폐하, 오늘 밤에 그들에게 전령을 보내시어 내일 아침 그들을 찾아가는 첫 번째 사람을 죽여버리라고 명령하십시오. 전령이 그들에게 "황제폐하가 그의 뜻을 이루고자 하심이니라"라고 말하라고 명령하십시오. 그러면 그들은 풀겐티우스를 잡아서 화덕에 던져 그를 태워버릴 것입니다. 그리고 오늘 밤 풀겐티우스에게 내일 아침 일찍 그 벽돌장이들에게 가서 그들에게 황제폐하의 명령을 이행하였는지 아닌지 물어보라고 하십시오. 그러면 그들은 폐하의 명령대로 그를 불에 집어넣을 것이고 그는 죽게 될 것입니다." 황제가 말했다. "네 말대로 하는 것이 좋겠다. 풀겐티우스를 당장 들게 하여라." 그리하여 그 젊은이가 황제에게 갔을 때, 그는 말했다. "너에게 죽음을 걸고 명하노니 내일 아침 일찍 일어나 벽돌과 석회를 굽는 자들에게 가거라. 너는 해가 뜨기 전에 여기로부터 3마일 떨어진 곳에 있는 그들에게 가야 하며, 그들에게 나를 대신하여 내 명령을 실행하거나 아니면 죽게 될 것이라고 말해라." 풀겐티우스가 대답했다. "폐하, 세상 끝까지 가서라도 폐하의 명을 행하겠나이다."

이 명령을 받은 풀겐티우스는 아침 일찍 일어나 그 명령을 수행해야 한다는 생각에 잠을 잘 수가 없었다. 황제는 한밤중에 벽돌을 굽는 사람들에게 전령을 보내 그들이 아침에 제일 먼저 그들을 찾아오는 자를 잡아서 불에 던져넣어 죽여야 한다고, 그렇게 하지 않으면 죽음을 면치 못할 것이라고 했다. 벽돌장이들은 그렇게 하겠다고 대답했다. 전령은 돌아와 황제에게 그의 명령이 곧 실행될 것이라고 전했다. 다음 날 아침 일찍 풀겐티우스는 자리에서 일어나 길을 떠났다. 그가 길을 갈 때 그는 예배를 알리는 교회의 종소리를 들었고 이에 그는 교회로 가서 예배에 참석했다. 예배가 끝나자 그는 잠에 빠져들었는데, 그가 너무 곤히 잠을 자고 있어서 사제도 그 어떤 사람도 그를 깨우지 않았다.

풀겐티우스가 죽었다는 소식을 듣기를 고대하고 있던 집사는 약 두 시경에 벽돌장이들에게로 가서 그들에게 말했다. "자네들은 황제폐하의 명령을 행하였는가?" 벽돌장이들이 대답했다. "아니요, 아직 우리는 명령을 수행하지 못하였지만, 곧 할 겁니다." 이렇게 말하고 그들은 집사를 잡았다. 집사가 소리를 질렀다. "제발, 목숨만은 살려주시오. 황제께서는 풀겐티우스를 죽이라고 하신 것이오." 그러자 그들이 말했다. "우리에게 온 전령은 그렇게 말하지 않았소. 그는 아침에 우리에게 온 첫 번째 사람을 잡아서 화덕에 넣어 죽이라고 하였소." 이 말과 함께 그들은 집사를 불 속으로 던져 넣었다. 집사가 이렇게 죽었을 때, 풀겐티우스가 그들에게 와서 말했다. "친구들이여, 자네들은 황제께서 시키신 일을 했는가?" 그들이 대답했다. "네, 물론이지요. 그러니 가서 황제폐하께 그렇게 말씀하시오." 그러자 풀겐티우스가 물었다. "그런데 황제께서 시키신 일이 무엇인가?" 그들이 대답했다. "우리는 우리의 목숨을 걸고 아침에 우리에게 온 첫 번째 사람을 잡아서 화덕에 집어넣으라는 명령을 받았소. 당신이 오기 전에 집사가 왔고 우리는 황제폐하께서 시키신 대로 하였소. 이제 그는 화덕에서 죽어 재가 뼈밖에 남지 않았소." 이 말을 듣자 풀겐티우스는 하느님께 그의 목숨을 구하여주신 것에 감사를 드렸고 벽돌장이들을 떠나 다시 궁전으로 돌아왔다.

황제가 그를 보았을 때 황제는 화가 나 미쳐 날뛰며 소리쳤다. "너는 벽돌장이들에게 가서 내 명령을 수행하지 않았느냐?" "네, 폐하, 저는 그곳에 갔었고 제가 도착하기 전에 폐하의 명령은 실행되었습니다." "그게 도대체 어떻게 된 일이냐?"라고 황제가 물었다. 풀겐티우스가 대답하였다. "집사가 저보다 먼저 그 곳에 도착하여 제가 물어볼 말을 먼저 물어보았습니다. 그래서 그들은 집사를 잡아서 화덕에 던져버렸습니다. 만일 제가 그보다 먼저 그곳에 도착했더라면 그들은 저를 그렇게 했을 것입니다. 저는 제 목숨을 구해주신 하느님께 감사할 뿐입니다." 그러자 황제가 말했다. "내가 앞으로 묻는 것에 진실로 대답하여라." 풀겐티우스가 황제에게 대답했다. "폐하는 제가 아무 나쁜 짓을 하지 않았다는 것을 아십니다. 저는 왜 폐하께서 저를 그렇게 죽이도록 하셨는지 정말 궁금합니다. 왜냐하면 저는 폐하의 조카이기도 하기 때문입니다." 그러자 황제가 풀겐티우스에게 말했다. "집사가 말하기를 네가 나의 입 냄새가 너무 심하다고 온 제국에 퍼뜨리고 다닌다고 하여 나는 너를 죽이려고 하였다. 네가 그렇게 하였다는 증거로 너는 내 술시중을 들

때 머리를 돌렸고 내가 직접 그것을 보았다. 그래서 내가 너를 죽이라고 명령하였다. 하지만 네가 네 행동에 대한 충분한 설명을 하지 못한다면 너는 죽음을 면치 못할 것이다." 그러자 풀겐티우스가 대답했다. "오 폐하, 만약 폐하께서 제 말씀을 듣고자 하신다면 저는 폐하께 어떤 간계가 있었는지 말씀드리겠습니다." 황제가 말했다. "계속해보거라." 풀겐티우스가 말했다. "이제는 죽어버린 그 집사가 와서 폐하께서 제 입 냄새가 너무 심하다고 생각하신다며 제가 폐하의 술시중을 들 때 폐하로부터 얼굴을 돌리라고 조언해주었습니다. 저는 하느님께 맹세컨대, 진실을 말하고 있습니다." 이 말을 들은 황제는 그의 말을 믿었고 이처럼 말하였다. "조카야, 이제서야 나는 하느님의 올바른 판결로 집사가 불에 타 죽었고 그의 사악함이 자신을 파멸시켰다는 것을 알게 되었다. 왜냐하면 그는 너를 죽이려 하였으며 따라서 너는 너의 목숨을 구해주신 하느님을 더 충실히 섬겨야 한다."

찰스 스완(Charles Swan, ?~1838)

_ 영국 링컨셔 출신의 목사

_ 케임브리지 대학교 졸업, 1824~1825 동안 캠브리안 군함(HMS Cambrian)의 군목 역임

_ 1831년에 스탬포드(Stamford)의 성 마이클 교회(St. Michael's Church)의 교구목사로 부임

장지연

_ 서울대학교 영어영문학과 졸업

_ 런던대학교 고전학과 학사와 석사 졸업

_ 케임브리지 대학교 박사(고·중세 라틴어 문법학 전공)

_ 서울대학교, 연세대학교 강사

_ 현재 부산외국어 대학교 지중해지역원 HK조교수로 재직 중

_ 주요 논문으로 「『로마인 이야기Gesta Romanorum』의 동양 이야기 전통」, 「『바를람과 요사팥』 라틴어 두 판본의 비교」, 「『일곱 현자 이야기』, 『센데바르』, 『신드반』 비교 연구」 등이 있음

:: 산지니·해피북미디어가 펴낸 큰글씨책 ::